STEFAN JACOBASCH

WIR

ÜBERLEBEN

HEUTE

1: FLUCHTPUNKT BERLIN

Impressum

Stefan Jacobasch
Wielandstr. 23
12159 Berlin
E-Mail: stefan@jacobasch.net
Cover unter Verwendung von Bildmaterial
von Les Cunliffe / Fotolia und Pepinpress.

ISBN-13: 978-1501065781
ISBN-10: 1501065785

2014 3

1

Eriks Nachbarin war schon über siebzig, als die Katastrophe losbrach und sie starb. Als Untote ist sie verdammt schnell geworden und obwohl Erik gute dreißig Jahre jünger ist als sie, ist sie ihm dicht auf den Fersen. Er hat die Arme voll mit Flaschen, die er nicht fallen lassen darf. Erik rennt, stolpert fast, muss über den hüfthohen Zaun zwischen den benachbarten Grundstücken hinwegsteigen und bleibt beinahe hängen.

»Mach hin«, ruft Andrej und lacht dabei, »mach hin, sie hat dich gleich!«

Er muss es ihm nicht sagen, Erik hört das Keuchen der Untoten schon gefährlich nahe hinter sich. Über das nasse Gras rennt er die drei, vier Stufen zur Veranda hoch, schreit »Nun schlag schon zu!«, und duckt sich, als Andrej die Holzlatte über seinen Kopf hinweg sausen lässt.

Hinter Erik kracht es, als das Holz der Nachbarin ins Gesicht schlägt. Als er atemlos die Tür zum Haus erreicht und sich umdreht, sieht er sie vor der Veranda im Gras liegen. Andrej steht mit dem rechten Fuß auf dem Kopf der Alten und zerrt am Holz, um ihr die langen Nägel am Ende der Latte aus dem Schädel zu ziehen.

»Das war verdammt knapp«, sagt Erik, »du hättest mir ruhig entgegenkommen können!«

»Hat es sich denn gelohnt?«, fragt Andrej mit Blick auf die Ausbeute.

»Denke schon«, sagt Erik und drückt mit dem Ellenbogen die Verandatür auf. Im Wohnzimmer stellt er die Flaschen auf den Esstisch. Sieben gute Flaschen

Whisky hat er aus dem Bestand seiner ehemaligen Nachbarn gerettet.

Andrej kommt herein, sichert die Verandatür und stellt die blutige Holzlatte ab. Er nimmt Eriks Beute in Augenschein und nickt anerkennend. »Ein sechzehn Jahre alter Balvenie – nicht schlecht! Und der Glendronach bringt es auf dreiunddreißig Jahre? Meine Güte, die haben ja Schätze da drüben!«

»Du glaubst ja nicht, wie viel da noch steht«, sagt Erik, »das hier sind nur einfach die nächstbesten Flaschen aus der ersten Reihe. Die Kirschheims müssen Whisky-Sammler gewesen sein. Ich hätte mich gern etwas bei ihnen umgesehen, aber da stand die Alte plötzlich in der Wohnzimmertür.«

»Nimm ein paar Einkaufstüten mit, wenn du das nächste Mal rübergehst.«

»Ich soll nochmal rüber? Wer weiß, vielleicht spukt ihr Mann auch noch da rum! Du könntest selbst mal deinen Arsch riskieren!«

»Würde ich ja, wenn du besser mit der Holzlatte zielen könntest. Das letzte Mal, dass du eines dieser Biester aufhalten solltest, hättest du fast mir die Nägel in die Stirn gerammt!«

Erik schweigt, denn an dem Punkt hat Andrej Recht. Mit Waffen kann Erik nicht umgehen. Hätten sie eine Pistole, würde er sich damit vermutlich als erstes in den Fuß schießen.

Andrej dagegen macht ganz nüchtern aus jedem Werkzeug eine Waffe. Am Gürtel trägt er einen Zimmermannshammer mit spitz zulaufendem, geschlitztem Ende, von dem er sich nur trennt, wenn er sich schlafen legt. Und es war seine Idee, in die Enden von Holzlatten und Baseballschlägern lange Stahlnägel einzuschlagen. Diese Waffen lehnen neben der Verandatür und der vorderen Haustür. Die Türen haben sie zwar gesichert, aber nicht so massiv vernagelt wie die Fenster.

Andrej mag sich auch nicht von der Akku-Schlagbohrmaschine trennen, obwohl deren Batterie schon lange leer ist. »Sieh dir nur diesen Betonbohrer an«, schwärmt er gerne, »das sind dreißig Zentimeter bester Stahl, die halten dir jeden Untoten auf Abstand!«

Andrej versucht Erik ständig klarzumachen, aus welchem Winkel er einem Angreifer den Bohrkopf ins Auge zu stoßen habe, um sein Gehirn zu erwischen. Nur die Zerstörung des Gehirns schenkt den Untoten ewige Ruhe. Aber Erik wird schon bei dem Gedanken schlecht. Vermutlich wäre Erik längst von einem seiner ehemaligen Nachbarn gebissen und selbst mit dem Zombie-Virus infiziert worden, hätte sich Andrej nicht zu Beginn der Katastrophe in Eriks Elternhaus gerettet. Zusammen haben sie bereits drei Wochen überlebt.

Abends probieren sie die Whisky-Sorten durch und Erik sucht am Kurbelradio nach Sendern, die noch Programme in die Welt schicken. »Radio Berlin«, das Notprogramm der Regierung, hören sie regelmäßig auf UKW. In den Nachtstunden bekommt Erik auf den Mittelwellen die BBC rein, dazu noch polnische Sender, die er aber nicht versteht.

»Selbst wenn du Sender findest - wer sagt dir denn, dass da nicht Bandansagen laufen?«, fragt Andrej. »Vielleicht liefern ja die Generatoren noch Strom, während die Radiomacher schon alle untot durch die Gegend wackeln.«

»Halt die Klappe«, sagt Erik, dreht die Antenne ein Stück weiter und geht dann wieder alle Frequenzen durch.

2

Seit drei Wochen steigt Erik jeden Morgen zu seinem ehemaligen Kinderzimmer in den ersten Stock hinauf. Früher hat er auf dem Fußboden mit Autos gespielt, heute sitzt er am Fenster, blickt über die angrenzenden Felder und Wiesen und hält Wache. Lange Zeit hat er das Haus seiner verstorbenen Eltern nicht verkauft und den Ort seiner Kindheit in der niedersächsischen Provinz gemieden. Erst als er Geld brauchte, kam ihm die verdrängte Immobilie wieder in den Sinn und er kehrte in seinen Heimatort zurück. Doch die Immobilienmaklerin, mit der sich Erik verabredet hatte, kam nie. Stattdessen brach die Katastrophe über den Ort herein.

Mit dem Fernglas sucht Erik die Landstraße und die Waldränder ab. Andrej hält auf der anderen Seite des Hauses ebenso Ausschau. Mittags entscheiden sie dann, wie hoch das Risiko ist, für ein paar Stunden das Haus zu verlassen. Verspricht der Tag ruhig zu bleiben, ziehen Andrej und Erik los, um in der Nachbarschaft nach Lebensmitteln und allem anderen zu suchen, was ihnen nützlich sein könnte.

An manchen Tagen erreicht nur ein Dutzend neue Zombies den Ort. An anderen können es hundert sein. Manchmal kommen sie allein, dann wieder in Gruppen. Die langsam vor sich hin schwankenden Zombies stellen nur eine geringe Gefahr dar, sofern man sie rechtzeitig sieht. Sind sie vereinzelt unterwegs, kann man ihnen ohne allzu großes Risiko den Kopf einschlagen. Tauchen sie in Gruppen auf, geht man ihnen besser leise aus dem

Weg. Tückisch ist die andere Art Zombie, die einem Raubtier auf der Jagd ähnelt. Im Gang dieser Zombies liegt etwas Lauerndes und auf Geräusche und Bewegungen reagieren sie blitzschnell. Sie sind ausdauernde Läufer und beißwütig wie Wölfe. Der erste Schlag gegen einen solchen »Sprinter« muss treffen, denn man bekommt keine zweite Chance.

Nach Aussage von »Radio Berlin« hält die Regierung in Kanzleramt, Parlament und einigen Verwaltungsgebäuden die Stellung. Die Bundeswehr soll im Zentrum der Hauptstadt mehrere Quadratkilometer gesichert haben. Einige tausend Menschen soll es noch in Berlin geben, die von Polen mit Nahrung und Gütern aus der Luft versorgt werden.

»Verdammt, wäre ich bloß in Berlin geblieben«, sagt Erik.

»Glaubst du wirklich, *du* würdest zu den wenigen Überlebenden gehören?«, will Andrej wissen. »Ich sehe dich ja eher unter denen, die einfach überrascht auf der Straße stehen bleiben, während die erste Welle von Zombies auf sie zu rollt.«

»Ich soll also dankbar sein, in diesem Nest mit dir festzusitzen, was?«

»Unter den gegebenen Umständen – klares Ja! Ein Fall von Glück im Unglück, wenn du mich fragst.«

Schweigend nippen sie an ihren Whiskygläsern.

»Das nennt man wohl Ironie des Schicksals«, sagt Erik schließlich, »dass mich ausgerechnet dieses Haus gerettet haben soll, das ich seit zehn Jahren gemieden habe. Ich war nicht mal hier, als letztes Jahr noch meine Mutter starb. Bräuchte ich nicht das Geld, hätte ich dieses Haus nicht mal zum Verkauf besucht.«

»Die Geldsorgen dürften sich jetzt wohl erledigt haben.«

»Wie meinst du das? Okay, wir sind in einer Krise, aber da kommen wir auch wieder raus.«

»Nein mein Lieber. Das war's. Aus. Ende. Wäre ich religiös, würde ich es das Jüngste Gericht nennen. So sage ich: Wir haben einfach Pech gehabt.«

»Das darf nicht sein«, sagt Erik und schüttelt den Kopf, »meine Ex-Frau und mein Sohn sind noch in Berlin. Hoffe ich jedenfalls.«

»Was kümmert dich deine Ex? Um den Sohn wäre es natürlich schade.«

Später hören sie »Radio Berlin«, wo der Regierungssprecher über Fortschritte in der Untersuchung der Seuche berichtet. Andrej kann darüber nur lachen.

»Wie erklärt unsere sogenannte Regierung denn das Phänomen, dass manche Zombies planlos dahin schleichen, während andere rasend schnell sind und gezielt angreifen?«

»Sie können es noch nicht erklären«, sagt Erik, »sie wissen vieles noch nicht.«

»Und warum sind manche Zombies allein, andere aber in Gruppen unterwegs?«

»Ich habe keine Ahnung.«

»Nicht nur du hast keine Ahnung«, sagt Andrej, »auch diese Experten blicken doch gar nicht wirklich durch. Die raten doch nur rum.«

»Sei froh, dass überhaupt noch jemand da ist, der herumraten kann. Ich finde das beruhigend.«

Andrej kichert leise, schüttelt den Kopf und konzentriert sich auf sein Whiskyglas.

3

Erik weiß nicht, warum es passiert ist, er weiß nur wie es passierte: Er ist am Vorabend der Katastrophe im Ort eingetroffen, lüftet die Zimmer, wischt den Staub von Tischen und Fensterbänken und verbringt eine Nacht mit unangenehmen Erinnerungen an seine Kindheit auf dem Sofa im Wohnzimmer.

Wie hat er diesen Ort gehasst. Keine tausend Einwohner gab es damals, die innerdeutsche Grenze war näher als die nächste richtige Stadt. Es gab einen Bäcker, zwei Fleischer und zwei Blumenläden. Schallplatten, Bücher, Videos – alles, was einen Jugendlichen begeistern konnte, kam bestenfalls per Post. Die drei Kneipen im Ort waren der Elterngeneration vorbehalten, zur nächsten Diskothek musste man drei Ortschaften weit reisen. Ab seinem zwölften Lebensjahr war Erik klar, dass er weg musste. Die Erlösung ließ aber noch sechs Jahre auf sich warten.

Nach unruhigem Schlaf steht er pünktlich um neun Uhr früh am Küchenfenster und wartet mit dem Kaffeebecher in der Hand auf die Maklerin. Das Fenster bietet einen guten Ausblick auf den trüben nebligen Februarmorgen. Eben noch ist eine Mutter mit ihrer kleinen Tochter am Fenster vorbei gelaufen, beide in dicke Wintermäntel gehüllt und den Blick auf den mit Raureif überzogenen Fußweg gerichtet. Gegenüber stellt der Briefträger sein gelbes Postfahrrad ab und schlendert mit zwei kleinen Umschlägen in der Hand zur Haustür der Nachbarn.

Im nächsten Moment werden von rechts Stimmen laut. Was erst klingt, als rufe jemand einem anderen hinterher, steigert sich schnell zu Schreien und unverständlichem Gebrüll. Eine Frau rennt die Straße hinauf, verfolgt von zwei Männern, die sie etwa in Höhe von Eriks Küchenfenster einholen. Der vordere Mann erfasst mit einem seiner rudernden Arme den Mantelkragen der Frau, reißt sie zu sich zurück und beißt ihr in einer blitzschnellen Bewegung in den Hals. Während sein Opfer grell aufschreit, stößt der nachfolgende Mann beide zu Boden und Erik kann nur noch ahnen, was sich auf der anderen Seite der niedrigen Hecke unter Schreien und Grunzen abspielen mag. Auf der anderen Straßenseite steht mit Entsetzen im Blick der Briefträger. Einen Augenblick scheint er unentschlossen, gibt sich dann aber einen Ruck und rennt los, um der Frau am Boden zu helfen. Einer der Männer – es ist wohl jener, der die Frau als erstes erreicht hat – richtet sich auf und Erik sieht, dass die untere Hälfte seines wutverzerrten Gesichts blut-verschmiert ist. Mit zwei, drei großen Schritten stolpert er dem Briefträger entgegen und fällt über ihn her. Kaum sind die beiden zu Boden gegangen, werden sie von einem Auto überrollt, das von links in Schlangenlinien die Straße herauf kommt. Auf der Motorhaube liegt ein Mann, der sich an den Scheibenwischern festhält und mit dem Kopf unentwegt auf die Frontscheibe schlägt. Auf dem Kofferraum liegen zwei weitere Personen, die sich an das Rückfenster klammern. Das Auto kommt ins Schleudern, reißt das Postfahrrad um und bleibt nach einer halben Drehung schräg auf der anderen Straßenseite stehen. Der Fahrer, ein panischer junger Mann, hat Schwierigkeiten, die verbeulte Tür seines Wagens zu öffnen. Die vier bis fünf

Sekunden, die er braucht um sich zu befreien, besiegeln sein Schicksal. Die zwei schwankenden Gestalten, die auf seinem Kofferraum mitgefahren sind, erreichen die sich öffnende Wagentür und verbeißen sich augenblicklich in die Arme des Fahrers, während der Mann auf der Motorhaube die Frontscheibe durchbrochen hat und nach einer Person auf dem Beifahrersitz greift, die Erik nur schemenhaft erkennen kann.

Es mögen kaum zwei oder drei Minuten vergangen sein, in denen Erik ungläubig auf die bizarre Szene vor seinem Küchenfenster starrt, regungslos und die Hände ineinander um den Kaffeebecher gekrallt. Aus allen Richtungen hört er Schreie, Kreischen, das Splittern von Glas und das Heulen von Sirenen. Das Chaos ist wie ein plötzliches Gewitter über den Ort hereingebrochen. Erik hat sich noch nicht aus der Schockstarre gelöst, als ein Mann seines Alters in hellbrauner Lederjacke die Straße herauf kommt. Mit einem Hammer schlägt er wild um sich, schickt einen Verfolger mit einem kräftigen Hieb in den Hals zu Boden, stößt einem anderen die stumpfe Seite seiner Waffe frontal gegen den Kopf und blickt Erik im nächsten Augenblick direkt ins Gesicht.

Reflexhaft tritt Erik einen Schritt vom Fenster zurück, da springt der Mann auch schon über die Hecke in den Vorgarten und hämmert im nächsten Moment an die Haustür.

»Machen Sie auf, um Himmels Willen, aufmachen, schnell«, schreit der Mann und schlägt so heftig auf die Tür ein, dass Erik befürchtet, er werde sie mit dem Hammer durchstoßen.

Wie in Trance geht Erik langsam in den Flur und öffnet die Haustür. Der Fremde stößt ihn hastig zurück, drückt die Tür hinter sich zu und tastet zitternd nach

Riegeln und Schlössern, während auf der anderen Seite der Tür ein wütendes, animalisches Brüllen einsetzt.

Erik steht sprachlos und leicht schwankend in seinem Flur, den Kaffeebecher immer noch in der Rechten, als sich der Fremde mit dem Rücken an die Tür lehnt, nach Atem ringt und Erik anstarrt.

»Erik? Erik Stengler?«

Der Fremde legt den Kopf schief.

»Du bist doch Erik, der hier im Ort in meiner Abschlussklasse war! Leistungskurs Englisch, links erste Reihe, hab ich recht? Erinnerst du dich nicht? Ich bin's, Andrej! Der Andrej, der dich beim Fußball immer umgerannt hat! Na?«

Grinsend breitet der Besucher die Arme aus – seinen blutigen Hammer noch in der Hand –, als habe er auf einer Schulfeier einen alten Freund wiedergefunden.

Seit diesem Tag sind drei Wochen vergangen, und Erik fragt sich hin und wieder, ob das Öffnen der Tür die richtige Entscheidung war.

4

Tim hat nicht mehr viel zu essen. Eine Packung Zwieback, ein paar Schokoriegel, mehrere Dosen Limonade. Im Keller lagern noch Äpfel und eingemachtes Obst, aber Tim hat Angst, auf dem Weg durch das Haus seinen Eltern zu begegnen. Seit sie gebissen wurden, haben sie sich stark verändert. Sein Glück ist, dass sie offenbar vergessen haben, welche Verstecke es in ihrem Haus gibt. Das letzte Mal, dass er seinen Vater sah, tastete sich dieser an den Wänden im Erdgeschoss entlang, als suche er in einem Labyrinth nach dem Ausgang. Mich wird er so niemals finden, denkt sich Tim.

Hinter dem Rücken des Vaters konnte Tim auf Zehenspitzen in sein Kinderzimmer in den ersten Stock schleichen und Oskar holen. Das Risiko war hoch, aber er hätte es sich nie verziehen, wenn sie Oskar erwischt hätten. Es wäre seine Schuld gewesen, denn an jenem Morgen, an dem sich die Nachbarschaft und schließlich auch seine Eltern in diese Dinger verwandelten, hatte er Oskar auf dem Bett liegen lassen. Er schwor ihm, ihn nie wieder aus den Augen zu verlieren. Und den Schwur hat er schon drei Wochen gehalten.

Tim hat die Unterschränke in der Küche leergeräumt und sie mit seiner Bettdecke und ein paar Kissen eingerichtet. Wenn er hinein klettert und von innen die Türen zuzieht, ist er unsichtbar für alle diese Dinger, die immer wieder ins Haus kommen. Mal dringen sie durch die aufgebrochene Haustür ein, mal stolpern sie durch die zersplitterte Verandatür ins Wohnzimmer.

Am schlimmsten ist es, wenn er seinen Vater oder seine Mutter erkennt. Sie mögen jetzt zu den Dingern geworden sein, aber ihre Schritte unterscheiden sich trotzdem noch von jenen der Fremden. Er hört sie schlurfen, hört ihre Hände über Tische und Wände streichen, manchmal riecht er sie auch. Sie stinken nach Dreck, nach Fäkalien, ihr Geruch erinnert ihn an die toten Tiere, die er im letzten Sommer bei seinen Streifzügen im Wald hin und wieder entdeckt hat.

In seinem Versteck im Unterschrank hat er keine Angst vor ihnen. Oskar beschützt ihn, und er beschützt Oskar. Er kann Oskar alles erzählen, was ihm durch den Kopf geht. Oskar ist ein guter Zuhörer und Tim spürt, was Oskar von seinen Plänen hält.

»Heute ist es schon die ganze Zeit ruhig da draußen«, flüstert Tim, »ich glaube, wir können es in den Keller schaffen, wenn es dunkel wird. Mama hat letzten Herbst viele Kirschen eingekocht, erinnerst du dich? Das sind richtig große Gläser, weil wir so viele Kirschen hatten.«

Tim liebt Kirschen und hat noch seine Mutter vor Augen, wie sie in der Küche arbeitet, zwei große Weidenkörbe mit geernteten Früchten stehen neben ihr auf der Spüle, dazu eine Reihe leerer Gläser, leuchtend in der Herbstsonne, sie warten nur darauf, mit den köstlichen roten Kugeln gefüllt zu werden. Tim hat an jenem Tag bereits viele Kirschen direkt vom Baum gegessen, aber als er die ersten Gläser mit den gekochten Früchten in ihrem tiefroten Saft auf der Anrichte stehen sieht, will er am liebsten schon ein Glas öffnen.

»Das kommt nicht in Frage«, sagt die Mutter. Sie schüttelt müde aber doch lächelnd den Kopf, »du hast doch schon den Bauch voller Kirschen!«

»Aber die waren doch ohne Saft«, quengelt Tim und will nach einem Glas greifen.

»Jetzt verschwinde aber aus der Küche«, sagt die Mutter, sie wird langsam böse.

Tim will den Saft, es gibt ja auch mehr als genug davon, und es ist so ungerecht, als sie ihn zur Seite schiebt, und sein Betteln wandelt sich in Zorn. Der steigt einfach in ihm auf, er kann nichts dafür, er starrt nur auf das Glas über ihm, und es schiebt sich ganz von selbst über den Rand der Arbeitsplatte hinweg, fällt herunter und zerbricht in viele spitze Scherben. Der Saft spritzt über den Boden, die Kirschen rollen unter den Tisch und die Mutter schreit richtig laut.

Am Ende des Tages liegt Tim weinend auf dem Bett, er darf weder draußen spielen noch seine Lieblingssendung im Fernsehen sehen. Und alles nur, weil seine Eltern nicht glauben, dass das Glas von selbst auf den Boden gefallen ist.

»Ich habe es gar nicht angefasst«, flüstert er Oskar zu, »es ist von ganz allein heruntergefallen, ich habe es doch nur angesehen!«

Und Oskars große Knopfaugen blicken ihn wissend an, denn ja, Oskar kennt die Wahrheit.

An dieses Erlebnis aus dem Herbst erinnert sich Tim, als ihm die Kirschen im Keller in den Sinn kommen. Er hat genug von Zwieback und Schokoriegeln, er will heute auch nicht nach draußen, nicht in den Supermarkt zurück, in dem es inzwischen eklig riecht nach verdorbenem Essen, das in den tropfenden Tiefkühltruhen zu gären beginnt. Lieber verbringt er die Stunden bis zum Sonnenuntergang damit, Oskar Geschichten zu erzählen. Er hat ihm aus der Erinnerung schon alle Märchen erzählt, die ihm einst seine Eltern vorgelesen haben, und danach noch ein paar mehr, die er sich ausgedacht hat, um Oskar nicht zu langweilen.

Und als die Schatten länger werden und der Keller nicht mehr viel dunkler erscheint als alle anderen Räume des Hauses, da wagen sich die beiden die Kellertreppe hinunter zu all den Gläsern, die Abwechslung für den Speiseplan versprechen.

Tim setzt vorsichtig einen Fuß vor den anderen, Oskar sicher unter den Arm geklemmt. Er hat seine Augen überall, immer darauf gefasst, einem dieser Dinger zu begegnen. Doch gefahrlos erreichen sie den Keller, hören von unten keine verdächtigen Geräusche und stehen schließlich vor all den Gläsern, in die seine Mutter vorausschauend viel Zeit investiert hat. Tims Blick wandert über Erdbeermarmelade, Pflaumen und Birnen hin zu den geliebten Kirschen. Er wird von mindestens jeder Sorte ein Glas mit nach oben nehmen, beschließt Tim, doch kann er schließlich nur zwei große Gläser Kirschen und ein drittes mit Birnen auf einmal tragen, ohne zu riskieren, Oskar unterwegs zu verlieren. Sie sind bereits wieder auf den obersten Stufen der Kellertreppe angekommen, als Tim einen Schatten über die Wand des Flures wandern sieht. Er hält den Atem an und drückt sich ins Dunkel hinter der Kellertür, nur ein leises Klirren der Gläser im Arm kann er nicht verhindern.

Der Schatten kommt den Flur herauf, auch ein Schlurfen und Scharren kann Tim nun hören. Als das Ding, das die Geräusche macht, in sein Blickfeld gerät, erkennt Tim die bedrohliche Statur des Schulhausmeisters. Der Mann ist groß und trägt einen mächtigen Bauch vor sich her und hat den Erstklässlern schon zu Lebzeiten mit seinem harten mürrischen Blick eine gewisse Angst eingejagt. Er gehört mit Abstand zu den

Letzten, die Tim ausgerechnet als Untote wiedersehen will.

Der Mann scheint sich sein rechtes Bein verletzt zu haben, denn es steht in ungewöhnlichem Winkel zur Seite ab und zwingt dem massigen Körper ein starkes Hinken und Nachziehen des Fußes auf. Das Scharren geht auf eine Harke zurück, die der untote Hausmeister hinter sich herzieht. An den Zinken der Harke klebt eine Masse, die Tim im Dunkeln nicht erkennen kann. Er sieht nur, wie die Harke eine feuchte Spur im Flur hinterlässt. Ein Fäulnisgeruch bleibt in der Luft hängen, als der Untote nach links ins Wohnzimmer schlurft.

Tim nimmt allen Mut zusammen und wagt sich in den Flur. Zum Glück hat es den Hausmeister nach links gezogen, sodass Tim gute Chancen hat, nach rechts in die Küche zu verschwinden. Lautlos drückt er sich an der Wand des Flures entlang, immer den massigen Körper des Untoten im Blick, welcher mit schweren Schritten durch den Raum schwankt. Tim steht noch mitten im Flur, als der Hausmeister abrupt stehen bleibt. Tim wagt sich keinen Schritt weiter und steht wie festgefroren vier Meter von dem Ding entfernt.

Wenn er sich umdreht, sieht er mich, ahnt Tim. Sein Blut rauscht so laut in den Ohren, dass der Untote es bestimmt auch hören kann.

Der Hausmeister scheint den Kopf zu heben, vielleicht schnuppert er in der Luft nach einer Fährte, vielleicht bildet sich Tim das auch nur ein. Für einen endlosen Augenblick lang pendelt die Gestalt im Wohnzimmer leicht vor und zurück und Tim wünscht sich, sie möge abgelenkt werden, herausgelockt aus diesem Haus, hinaus auf die Veranda. Tim sieht die dunklen Umrisse des kleinen Gartentisches, auf den seine Mutter am Morgen der Katastrophe Tontöpfe abgestellt hat, in die sie Kräuter aussäen wollte. Wenn doch wenigstens einer der Töpfe zu Boden fallen und schön laut in Scherben zerspringen würde! Tim starrt auf die dunklen Schatten. Haben sie sich bewegt, hat der Wind sie gerade ins Wanken gebracht? Seine Augen brennen vom Starren und ein Kopfschmerz zuckt durch seine Stirn, als der kleine schwarze Stapel draußen auf dem Tisch zur Seite kippt und mit lautem Klirren auf der Veranda aufschlägt.

Der untote Hausmeister stößt ein gequältes Stöhnen aus und hinkt in Richtung der geborstenen Verandatür. So langsam und leise er nur kann, legt Tim die letzten Schritte zur Küche zurück. Als der Hausmeister über die Glasscherben auf die Veranda stolpert, schlüpft Tim schon in den Unterschrank und zieht lautlos die Schiebetür zu. Im Versteck angekommen presst er Oskar fest an sich, krallt sich mit den Fingern geradezu in dessen Fell und fängt unkontrolliert an zu zittern. Appetit auf Kirschen hat er an diesem Abend nicht mehr.

5

Erik kann sich nicht erinnern, jemals einen so schönen Tag erlebt zu haben. Die Sonne steht strahlend an einem hellblauen Himmel, nur gelegentlich ziehen kleine weiße Wattewolken vorüber. Er sitzt mit Maren auf einem Hügel weit über der Stadt, das Gras der Wiese ist satt grün und ein buntes Blütenmeer wiegt sich in leichter Brise. Maren summt einen Popsong, während sie den Picknickkorb auspackt. Die Welt ist heute heil, und Zombies gibt es nicht.

»Wir sollten sowas öfters machen, häufiger rausfahren, nur wir zwei«, sagt Erik und streicht mit der Hand über ihren gebräunten, warmen Oberarm.

»Das lass mal nicht Tobias hören, du Rabenvater!« Maren lacht, und ihre weißen Zähne strahlen mit der Sonne um die Wette.

»Tobias ist doch bei deinen Eltern gut aufgehoben«, sagt Erik und streckt sich auf der Wolldecke aus, rollt sich auf den Rücken und blickt in den Himmel. Ein Schwarm Enten zieht über sie hinweg, der es ungewöhnlich eilig hat und aufgeregt schnattert.

»Erik, ich glaube, da unten brennt es irgendwo.«

Maren blinzelt, legt die Hand schützend über die Augen und blickt angestrengt in die Ferne.

»Schau doch mal, da steigt Rauch auf!«

Erik richtet sich widerwillig auf, folgt ihrem Blick den sanft abfallenden Hügel hinunter Richtung Stadt. Ein Häusermeer breitet sich in der Ferne aus, das bis zum Horizont reicht. Ein leichter Schleier aus Smog liegt über dem Stadtzentrum, mehr kann Erik nicht erkennen.

»Ach was, da ist nichts«, sagt er, er will nicht, dass sich jetzt irgendetwas zwischen ihn, Maren und den friedlichen Moment schiebt.

»Aber ja, schau doch genau hin, hinter dem Fernsehturm steht eine Rauchsäule!«

Maren wird unruhig.

»Selbst wenn da tatsächlich irgendwas brennen sollte«, sagt Erik und legt ihr den Arm auf die Schulter, »muss uns das doch jetzt keine Sorgen machen, oder?«

Marens Blick sucht weiter den Horizont ab, sie streift seinen Arm ab und steht auf.

»Ich verstehe nicht, wie du so ruhig bleiben kannst. Unser Sohn ist da unten!«

»Mein Gott, Maren, er ist bei deinen Eltern und nicht allein im Urwald, es wird ihm schon nichts passieren, Himmel nochmal!«

Erik starrt auf die Stadt, über der sich der Smog verdichtet. Graue Schleier trüben den Himmel und es ärgert ihn, wie schnell die Leichtigkeit dieses Nachmittags zu verfliegen droht.

»Vielleicht sollten wir zurückfahren«, sagt Maren plötzlich und dreht sich zu ihm um. Ihr strahlendes Lachen ist Besorgnis gewichen, der Wind frischt auf und lässt ihr langes blondes Haar wild flattern.

»Aber wir sind doch gerade erst angekommen«, wendet er ein, was sie wütend macht.

»Du kannst so ein verdammter Egoist sein, Erik! Denkst Du denn gar nicht an unsere Familie?«

Sie stampft mit dem Fuß auf und hebt die Stimme, um gegen den Wind anzuschreien, der den Hügel hinauf bläst und Rußpartikel heran wirbelt. In der Stadt ist es dunkel geworden, wie Gewitter hängen Wolken tief über den Häusern.

»Ich bin sicher, mit deinen Eltern und Tobias ist alles in Ordnung«, ruft Erik, während Maren mit großen Schritten zum Auto eilt. Böen fegen jetzt über die Wiese, drücken dürre Blumen tief ins graue Gras.

Es ist bestimmt alles in Ordnung, hofft Erik, das ist alles nichts Ernstes, da zieht ein kleines Sommergewitter auf, nichts weiter.

Über der Stadt zucken Lichter und Erik fragt sich, warum den Blitzen kein Donner folgt. Er sieht zu Maren hinüber, die groß und unbeweglich aufragt neben ihrem Wagen.

»Du hast sie im Stich gelassen«, sagt Maren. Sie spricht es mit dunkler ruhiger Stimme, die er trotz des Sturms klar und deutlich vernimmt, »du hast sie verdammt nochmal im Stich gelassen.«

»Nein«, brüllt Erik gegen den Wind an, »gar nichts habe ich im Stich gelassen, wir haben uns doch nur für ein kleines Picknick freigenommen!«

»Du hast uns alle im Stich gelassen.«

Marens Schatten flüstert nur noch und es klingt, als komme die Stimme aus einem Tunnel. Sie und das Auto sind nur starre Schatten im wirbelnden Schwarz der Wiese.

Erik stemmt sich gegen den Wind, hustend im Brandgeruch, der von der Stadt herauf zieht. Die Wolldecke wickelt sich um seine Beine, während der Picknickkorb hoch in die Luft wirbelt und im Sturm mit rot leuchtender Glut um die Wette tanzt.

»Du hast uns alle im Stich gelassen«, hört Erik wieder und schreckt auf, mit den Beinen in der Bettdecke verfangen, keuchend und schweißnass geschwitzt. Er richtet sich auf, orientierungslos, es muss noch mitten in der Nacht sein. Draußen ist es neblig und das Haus liegt totenstill da, nur Marens Stimme flüstert wieder und wieder in seinen Ohren.

6

ie Nachbarschaft liegt friedlich da, als Erik und Andrej das Haus verlassen. Kleine Einfamilienhäuser auf großzügigen Grundstücken reihen sich auf beiden Seiten der Straße aneinander. Es könnte ein ganz normaler Nachmittag im Februar sein, würden nicht Leichen neben beschädigten Autos liegen und ein süßlicher Fäulnisgeruch durch den Ort wehen.

»Die linke Seite bis rauf zum Supermarkt haben wir schon abgegrast«, sagt Andrej, »ich schlage vor, wir versuchen es mal rechts die Straße runter.«

»Alles klar«, nickt Erik.

Sie sprechen leise und vermeiden jedes unnötige Geräusch. Untote haben sie am Vormittag kaum gesichtet, doch der geringste Lärm kann Zombies magnetisch anziehen.

»Gleich nebenan hast du eine große Whiskysammlung zurückgelassen, oder?« fragt Andrej und grinst über das ganze Gesicht.

»Die Alte hast du zwar ausgeschaltet«, sagt Erik, »aber ihr Mann könnte noch eine Gefahr sein.«

»Sind nicht alle deine Nachbarn eine Gefahr?« Andrej zuckt mit den Schultern, dann steuert er auf das kleine Gartentor der Nachbarn zu. Gemeinsam gehen sie die Auffahrt zum Haus hinauf, vor dem nur zwei Fahrräder vor dem offenen Garagentor stehen. Die Haustür liegt links davon und steht seit Eriks Flucht offen.

Die Holzlatte schlagbereit in der Rechten geht Andrej voran. Erik wirft einen letzten Blick auf die Straße, auf der alles ruhig bleibt. Über den Flur folgt er Andrej ins Wohnzimmer, wo dieser bereits vor dem Regal mit den Whiskyflaschen steht und sich einen leisen Pfiff nicht verkneifen kann.

»Das nenne ich eine beeindruckende Sammlung!«

»Denk dran, Lebensmittel und Werkzeug sind wichtiger«, mahnt Erik und steuert auf die Küche zu. Herd und Einbauschränke machen einen aufgeräumten Eindruck, auch die Spüle ist leer und sauber. Das ordentliche Bild trübt nur eine Obstschale, in der kleine Fliegen über verdorbene Äpfel und Bananen wandern. Erik öffnet vorsichtig eine Schranktür nach der anderen, nur den Kühlschrank lässt er aus. Er findet Geschirr und Gläser, Töpfe und Küchengeräte. Schließlich stößt er auf Lebensmittel, sieht sauber aufgereihte Tüten mit Mehl, Zucker und Reis neben einer bunten Sammlung Gewürzdosen stehen. Zufrieden nimmt er Knäckebrot, Nudeln und Konserven aus dem Schrank und packt alles in Plastiktüten um. Von den Vorräten des alten Paares werden sie eine ganze Zeit lang leben können, schätzt Erik. Er geht zu Andrej ins Wohnzimmer zurück, der sich am Whisky gar nicht sattsehen kann.

»Komm bloß nicht auf die Idee, das ganze Zeug mitnehmen zu wollen«, sagt Erik, »du musst mir mit den Lebensmitteln aus der Küche helfen!«

»Ich schlage als Kompromiss vor, dass sich jeder eine Flasche aussuchen darf, okay? Aber vorher sehen wir uns noch im Keller und im ersten Stock um.«

Zusammen steigen sie die Treppe hinauf und öffnen vorsichtig die erste der drei Türen, die an einem kleinen dunklen Flur liegen. Dahinter öffnet sich ihnen das Schlafzimmer und beide halten unwillkürlich die Luft an. Gegenüber am Fenster hängt die Leiche des Nachbarn. Er trägt Jeans und ein buntes Hawaiihemd, dessen schrille Farben im bizarren Kontrast zu seiner grauen Haut stehen. Der Kopf hängt schief in einem Seil, der tote Blick ist direkt auf die Tür gerichtet, doch die

Augen sind schon tief in ihren Höhlen eingesunken.

Erik und Andrej schweigen lange, bis Andrej seine Sprache wiederfindet: »Also *der* stellt jedenfalls keine Gefahr dar, soviel ist sicher.«

»Warum hat er sich nicht verwandelt?« fragt Erik leise. »Warum ist er nicht von den Toten auferstanden wie all die anderen?«

»Vielleicht war er noch nicht infiziert, als er sich erhängte. Er sah wohl, was um ihn herum passierte und ist daran verzweifelt.«

Eine Weile stehen sie noch schweigend im Türrahmen, dann sagt Erik: »Wir müssen das Schlafzimmer ja nicht durchsuchen, oder? Lass uns noch in den Keller gehen, und dann raus hier.«

Andrej nickt stumm und sie schließen sanft die Tür.

Es gibt Tage, da hält es Tim in seinem Versteck nicht lange aus. Wenn es draußen ruhig bleibt und die Sonne hell in die Küche strahlt, kann er diese Dinger eine Zeit lang vergessen. Tim schleicht dann mit Oskar in den ersten Stock ins Kinderzimmer hoch und nimmt die Modellautos und Flugzeuge aus dem Regal. Er pustet den Staub ab, lässt die Modelle im Licht der Sonne blitzen und überlegt, wann er zuletzt mit ihnen gespielt hat. Ihm fallen nur keine Geschichten mehr ein, die er mit den leuchtenden Feuerwehren und ihrem Leiterwagen, den Rennwagen oder den Baggern durchspielen könnte. Dann stellt er die Modelle ordentlich an ihren Platz zurück und stöbert in seinen Bücher nach jenem einen Exemplar, das er noch mal lesen könnte.

Wenn der Hunger zu groß wird, schleicht Tim aus dem Haus, geht geduckt über die Veranda durch den Garten, rennt bis zur Hecke auf der Rückseite des Grundstücks und läuft den Trampelpfad runter zum Supermarkt. Der Weg schlängelt sich an den Grenzen der Nachbargärten entlang. Hecken und dichte Büsche wechseln sich ab mit freistehenden Zäunen und kahlen Rasenflächen. Den kaum genutzten Trampelpfad hatte Tim schon im letzten Sommer für sich entdeckt, im warmen sonnigen Juli, als seine einzige Sorge war, ob der Tag besser im Freibad, im Wald oder mit der Entdeckung geheimer Wege durch das Dorf zu verbringen wäre. Letzteres kommt ihm jetzt zugute.

Weil der Pfad so verborgen verläuft, ist das Risiko

gering, einem der Dinger zu begegnen. Andererseits gäbe es für diesen Fall kaum Ausweichmöglichkeiten und Tim ist jedes Mal froh, wenn er nach einigen Minuten den Parkplatz des Supermarktes erreicht. Bis auf wenige Autos mit leblosen Insassen ist die große asphaltierte Fläche leer. Tim überquert sie zügig und erreicht den Hintereingang des Supermarktes, dessen eine Hälfte der großen Glastür geborsten ist. Über die Glassplitter hinweg betritt er den Markt, der fensterlos ist und damit nahezu komplett im Dunkeln liegt. Durch die zerstörten Eingänge sind Kälte und Feuchtigkeit in das Gebäude gekrochen. Die Luft ist stickig und riecht leicht faulig und Tim ahnt, dass er an diesem Ort nicht mehr lange nach genießbaren Lebensmitteln wird suchen können.

Tim schaltet seine Taschenlampe ein, die nur noch schwach glimmt. Er erinnert sich, in einem Gang nahe der Kassen Batterien gefunden zu haben und lässt den trüben Lichtkegel über die Regale wandern. Bürobedarf, Wäscheklammern und Babyspielzeug gibt es zu seiner Linken, Putzmittel, Frischhaltefolie und Tierfutter zu seiner Rechten. Streunende Hunde oder Katzen scheinen ebenfalls den Markt besucht zu haben, denn Tim muss über aufgebissene Futterpackungen hinweg steigen, die zwischen den Regalen verstreut liegen. An der Ecke zum Quergang mit den Kühltruhen findet Tim schließlich Batterien. Er ist nicht der Erste, der sich hier bedient und das Regal ist fast leer geräumt. Tim findet acht Batterien, die in seine Taschenlampe passen. Er schraubt den Griff der Lampe auf, entnimmt die zwei fast leeren Exemplare und ersetzt sie durch zwei frische. Noch dreimal nachladen, denkt er sich und stopft die restlichen Batterien in seine Jackentaschen.

Während Tim die Taschenlampe zusammenschraubt, hört er vom anderen Ende des Marktes das Klirren von Glas. In unregelmäßigen Abständen scheinen Gläser zu Boden zu fallen und leises Knirschen verrät, dass jemand über die Scherben hinweg schreitet. Tim duckt sich und schaltet die Taschenlampe aus. Er überlegt kurz, ob er den Markt verlassen soll, aber seine Neugier siegt diesmal und er tastet sich den Quergang in Richtung der Geräusche vorwärts. Den Schritten nach entfernt sich der Verursacher von ihm. Hinter seinem Rücken zu bleiben, scheint Tim die sicherste Position zu sein. Mit den Fingerspitzen tastet er an den gläsernen Kühlschränken entlang, deren Oberflächen sich eher warm denn kalt anfühlen und aus denen es süß-säuerlich riecht. Er hat erst drei, vier Meter zurück-gelegt, als am Ende des Ganges ein helles Licht aufstrahlt. Mitten im Kegel des Scheinwerfers stehen zwei schwankende Untote, die mit den Händen durch die Regale gestrichen sind und dabei Gläser mit Gurken und Kürbis herausgerissen haben.

»Hier am Regal sind sie«, ruft eine männliche Stimme hinter dem Lichtstrahler, »es sind zwei!«

»Hab sie«, ruft eine andere Stimme und ein Schatten springt aus dem Seitengang hervor.

Tim duckt sich tiefer vor dem tanzenden Lichtkegel auf den Boden und erkennt einen Mann, der einen länglichen Gegenstand über seinen Kopf schwingt. Er schlägt ihn mit Wucht auf den Schädel des ersten Untoten, der unter einem laut knackenden Geräusch in sich zusammenfällt. Der zweite Untote dreht sich zum Angreifer um und wischt mit den Armen durch die Luft, während sich der Mann unter ihm duckt und im selben Augenblick etwas langes, schmales nach oben stößt. Tim sieht den Kopf des Zombies nach hinten zucken, dann sinken die Arme langsam herunter und der Körper kippt nach hinten über.

»Na, wie hab ich das gemacht?« Zufrieden blinzelt Andrej über den Scheinwerfer zu Erik hinüber. Der senkt den Lichtkegel auf die beiden Körper, die zwischen ihnen liegen.

»Saubere Arbeit.« Erik nickt anerkennend.

»Sieh dir bloß an, was sie angerichtet haben«, sagt Andrej und wischt mit den Schuhen Kürbisstücke und Gurken unter das Regal. »Davon hätte man gut zwei, drei Tage satt werden können.«

»Eingemachtes haben wir noch auf Lager«, sagt Erik, »mir wären Brot oder Gebäck lieber. Aber das meiste schimmelt schon.«

»Ich empfehle dir Kekse mit Schokoladenüberzug, die gibt es als Angebot der Woche gleich vorn an der Kasse«, sagt Andrej, »ganz besonders delikat ist die Variante mit zarter weißer Pelzoberfläche.«

Andrej dreht sich weg und leuchtet den Hauptgang hinunter.

»Halt, warte«, sagt Erik und lässt das Licht seiner großen, schweren Halogen-Taschenlampe die Kühltruhen entlang wandern. »Dahinten hat sich was bewegt.«

»Waren die etwa zu dritt?«

Andrejs Blick folgt dem Lichtkegel.

»Ich bin mir nicht sicher«, sagt Erik zögernd, »es war kleiner, vielleicht ein Tier.«

»Dimm das Licht runter und lass uns die Regale abgehen«, schlägt Andrej vor.

Vorsichtig steigen sie über die beiden Leichen und die Glasscherben hinweg.

Als Erik und Andrej den Mittelgang erreichen, steht Tim längst wieder auf dem Parkplatz. Schwer atmend lässt er sich an der Rückseite des Supermarktes ins Gras fallen. Mit diesen Dingern hatte er gerechnet, nicht aber mit anderen Überlebenden. Wie viele gab es wohl noch von denen? Sollte er sich ihnen zu erkennen geben? Könnten sie ihm helfen, oder wären sie eine Bedrohung?

Tim ärgert sich, außer den Batterien nichts weiter mitgenommen zu haben. Er wird später wieder in den heimischen Keller hinuntersteigen und auf die Gläser mit Früchten zurückgreifen müssen. Dabei hängen ihm die Kirschen mittlerweile zum Hals raus. Widerwillig läuft er über den Parkplatz, erreicht seinen Trampelpfad und ist schon fast wieder zu Hause, als Erik und Andrej aus dem Supermarkt ans Licht treten.

8

Der neue Tag liegt noch im nächtlichen Dunkel, als Brigadegeneral Merger seine Uniform zuknöpft. Er ist stets ab 5.00 Uhr auf den Beinen, was alle bedauern, die mit ihm arbeiten müssen. Während in der Küche ab 5.15 Uhr die Kaffeemaschine den ersten Espresso aushustet, klickt sich Merger exakte drei Minuten lang durch seine E-Mails. Bis 5.30 Uhr hat er am Küchentisch die Arbeitspläne seiner Brigade fertiggestellt, mailt diese an die Einsatzleiter und verlässt um 5.45 Uhr die Unterkunft.

Den Weg ins Hauptquartier kann Merger in wenigen Minuten zu Fuß zurücklegen. Seit große Teile der Hauptstadt von Zombies beherrscht werden, sind die Reste der Staatsgewalt eng zusammengerückt. Der Generalstab hat sich direkt gegenüber dem Kanzleramt eingerichtet – im Paul-Löbe-Haus an der Spree, wo vor der Katastrophe die Bundestagsabgeordneten ihre Büros hatten. Merger wohnt in der ehemaligen Bundestagsbibliothek auf der anderen Seite der Spree, deren Räumlichkeiten provisorisch zu kleinen Schlafzellen für Einsatzkräfte umgerüstet wurden. Für den Spaziergang ins Regierungsviertel muss man nur eine kleine Brücke überqueren, die auf beiden Seiten von schwer bewaffneten Soldaten bewacht wird. Unter der Brücke sind große Sprengstoffbündel befestigt. Sollten es Zombies jemals bis auf die Brücke schaffen, wird die Verbindung zwischen den beiden Ufern gekappt.

Es ist 5.50 Uhr, als Merger über die Brücke schreitet und in den dunklen Berliner Himmel aufblickt. Die Sonne wird erst in zwei Stunden aufgehen, die bleigrauen Wolken über der Stadt sind aber auch des

Nachts gut zu sehen. Sie werden von den zahlreichen Bränden erhellt. Seit drei Wochen brennt es immer irgendwo in den äußeren Bezirken, weil dort niemand mehr löscht. Das kleine Grüppchen überlebender Feuerwehrleute ist froh, die Flammen von der geschützten Zone fernhalten zu können.

Um 6.00 Uhr finden sich die Einsatzleiter im Büro des Brigadegenerals ein und nehmen Stellung zum Einsatzplan. Abweichungen von seinen Vorschlägen duldet Merger nur bei überzeugenden Argumenten, die er selten anerkennt. Um 6.30 Uhr beendet er die Sitzung pünktlich, bereitet einige Unterlagen vor und begibt sich ins gegenüber liegende Kanzleramt, wo er um exakt 7.00 Uhr zum Gespräch mit dem Verteidigungsminister erscheint.

Der Minister sitzt tief in seinem Bürosessel versunken am Schreibtisch. Sein Anzug sieht aus, als habe er darin geschlafen. Die breiten schwarzen Ringe unter seinen Augen zeugen dagegen von längerem Schlafentzug.

»Guten Morgen, Merger, nehmen Sie auch einen Kaffee?«

»Nein, Herr Minister, ich habe schon gefrühstückt. Aber vielen Dank für die Nachfrage.«

»Wie laufen die Versorgungsflüge?«

»Alles wie geplant. Allerdings haben uns die Polen die Organisation aus der Hand genommen und uns eigene Flüge in ihr Hoheitsgebiet untersagt. Sie selbst setzen auf Drohnen und seilen die Fracht aus mehreren Metern Höhe ab.«

Der Minister nickt. »Der polnische Außenminister hat mich heute Morgen telefonisch über die neue Strategie informiert. Sie wollen sich stärker isolieren, wer kann es ihnen auch verdenken!«

»Polen hat nur Glück gehabt, das ist alles. Gäbe es nicht die Oder als natürliche Barriere, hätten sie die Ausbreitung des Virus nach Osten nicht verhindert. Meine polnischen Kontakte sind besorgt, weil das Virus in Tschechien weiter vordringt. Wenn dort der UN-Einsatz scheitert, fällt Osteuropa. Für diesen Fall geben sich die Polen selbst maximal eine Woche.«

»Wir dürfen Polen nicht verlieren. Dann blieben nur noch die Briten und die schaffen es jetzt schon kaum, Hamburg zu versorgen. Als Bremen überrannt wurde, haben sie von dort keinen einzigen Menschen gerettet.«

»Da muss ich die Briten verteidigen. Das hätte ich an ihrer Stelle auch nicht riskiert.«

Der Minister versucht einen strafenden Blick, sieht aber nur müde aus.

»Wie viele Menschen können sich noch bis in die Schutzzonen durchschlagen?«

»Wir haben täglich zehn bis zwanzig Neuzugänge. Abnehmende Tendenz.«

Beide Männer sehen betreten auf ihre Hände.

»Mit einer Abwahl hätte ich als Politiker umgehen können. Aber dass mein Ministerium überflüssig wird, weil unser Land zerfällt – das ist schwer zu verkraften.«

»Tut mir aufrichtig leid, Herr Minister.«

»Sehr freundlich, aber ich habe Sie nicht kommen lassen, um mich an ihrer Uniform auszuweinen. Sie haben doch noch dieses Projekt in der Nähe von Hannover…«

»Das Exploser-Zentrum?«

»Richtig, ja. Wie steht es damit?«

»Wir halten die Stellung.«

»Aus Hannover mussten wir vor Tagen die letzten Überlebenden ausfliegen. Und Sie meinen, Exploser weiter halten zu können?«

»Das Zentrum ist militärisch gesichert. Allein die doppelten Zäune sind besser als vieles, was wir hier in Berlin haben. Es sind noch 50 Mitarbeiter vor Ort und die Vorräte reichen noch für ein bis zwei Monate. Die Lage bereitet mir derzeit keine Sorgen.«

»Und die beiden Insassen? Kooperieren sie mittlerweile?«

Merger schweigt eine Weile, sein Blick folgt konzentriert dem Sekundenzeiger seiner Armbanduhr. »Was den Punkt anbelangt, sind die Ergebnisse noch zu optimieren.«

»Meine Güte, Merger, sprechen Sie klar und offen mit mir!« Der Minister beugt sich weit über seinen Schreibtisch vor. »Ich habe Sie und Ihr Projekt mehrfach gegenüber der Kanzlerin verteidigt. Aber was unsere Ressourcen angeht, haben sich die Prioritäten in den letzten Wochen stark verschoben. Wir stehen mit dem Rücken zur Wand. Ich muss wissen, ob die Weiterführung von Exploser sinnvoll ist.«

»Ich bin mir der angespannten Lage bewusst«, sagt Merger und blickt dem Minister dabei in die Augen, »und ich weiß Ihren persönlichen Einsatz in der Sache sehr zu schätzen. Exploser aufzugeben wäre gerade jetzt, mitten in der Katastrophe, die falsche Entscheidung. Es steckt so viel Potenzial in diesen beiden Menschen, so viel Energie! Ich bin mir sicher, wenn wir noch einmal intensiv mit ihnen reden, dann können wir ihnen klarmachen, welche große Verantwortung sie tragen, welchen großen Nutzen ihre Fähigkeiten gerade jetzt für das ganze Land bedeuten!«

Der Minister lässt sich in seinen Sessel zurückfallen.

»Wenn die beiden ihre feindliche Haltung nicht bald ablegen, müssen Sie die Konsequenzen ziehen. Dann wird Exploser geschlossen und die Akte landet als

Verschlusssache im Archiv. Eine Zeit der Unordnung kann für eine solche Lösung der richtige Moment sein.«

Die beiden sehen sich lange schweigend an. Schließlich fragt Merger: »Wieviel Zeit geben Sie mir?«

»Sie sagten, die Vorräte reichten noch für ein bis zwei Monate. Nutzen Sie diese Zeit.«

9

Den ganzen Tag in seinem Versteck auszuharren, fällt Tim nicht leicht. Es ist eng im Unterschrank der Küche, und es war keine gute Idee von ihm, gleich einen ganzen Stapel Bücher aus dem Kinderzimmer zu holen anstatt sich für eines zu entscheiden. Tim kann sowieso nicht lange in den Büchern blättern, wenn er die Batterien seiner Taschenlampe schonen will. Deshalb erzählt er Oskar die Geschichten lieber im Dunkeln aus der Erinnerung. Die Tür seines Versteckes auch nur etwas zu öffnen, wagt er nicht. Seit Sonnenaufgang scheinen die Dinger besonders aktiv zu sein. Er hat schon fünf von ihnen zur Haustür hereinstolpern hören. Mal gehen sie durch den Flur ins Wohnzimmer und tasten sich dort an den Möbeln entlang, bis sie die zerstörte Verandatür erreichen und im Garten verschwinden. Drei von ihnen zog es aber auch in die Küche, so als wüssten sie instinktiv, dass dort lebendes menschliches Fleisch zu finden ist. Tim hört sie jedes Mal den Raum auf und ab gehen, mal schlurfend, mal hinkend, mal schwankend an den Einbauschränken entlang schleifend. Was in ihrer Armlänge greifbar ist, berühren sie, ziehen daran, öffnen den Kühlschrank oder drehen an den Armaturen der Spüle. Sich zu seinem Unterschrank hinunter zu bücken, das kam allerdings noch keinem in den Sinn. Dazu sind die Dinger nicht beweglich genug.

Tim ist eingedöst in seinem Versteck und wird durch ein Geräusch aus dem Flur geweckt. Diesmal sind es keine Schritte und Tim glaubt erst, ein Tier sei in das Haus eingedrungen. Er hört es über die Flurdielen schaben und kratzen, es zieht und schleift etwas durch die Tür in die Küche hinein. Begleitet werden die Geräusche durch trockenes Röcheln und Husten, die deutlicher zu hören sind als bei anderen Dingern, die sich in die Küche verlaufen. Und Tim wird schlagartig klar, was er da hört: Das Ding geht nicht aufrecht, es zieht sich stattdessen über den Boden. Die Türen des gegenüber liegenden Unterschrankes klappern, als die Arme aus Bodennähe nach ihnen greifen. Es ist nur eine Frage der Zeit, bis der Körper den Raum durchkrochen hat und die Arme auch Tims Versteck erreichen werden.

Tim tastet nach Oskar und versteckt ihn hinter seinem Rücken, damit die Hände ihn nicht packen können, wenn sie den Unterschrank öffnen. Dann greift er nach den Büchern und prüft, welches den festesten Einband hat. Vorsichtig klemmt er das Buch hinter die Schiebetür des Unterschrankes und stemmt sein Knie dagegen, um das Buch zu verkeilen. Wenn er den richtigen Winkel fände, könnte die Tür den Händen widerstehen und sich nicht bewegen.

Aus der anderen Ecke der Küche hört Tim lautes Scheppern und ein Aufheulen. Vielleicht sind Töpfe aus dem Unterschrank gefallen und haben das Ding getroffen? Tim liegt regungslos, nur sein Herz schlägt so stark, dass seine Brust vibriert.

Der Körper in der Küche wechselt die Richtung und will offenbar wieder in den Flur zurück. Dabei kommt er auf Tims Schrankseite voran, seine Hände tasten über die Türen, suchen nach Kanten und Griffen, an denen er sich entlang ziehen kann. Tim spürt am Druck der Tür, dass die Hände sein Versteck erreichen. Sie ziehen am Griff des Unterschrankes und das verkeilte Bilderbuch droht ihm vom Knie zu rutschen. Tim hört das Röcheln jetzt deutlich und ahnt, dass der Kopf des Dinges auf einer Höhe mit seinem eigenen sein muss. Es atmet in unregelmäßigen Stößen, bei jedem Luftholen scheint es sich zu verschlucken und zu spucken, bevor es zum nächsten verzweifelten Versuch ansetzt. Eine Schwade von Eiter und Verwesung dringt durch die Ritzen des Schrankes. Tim muss ein Würgen unterdrücken, da lässt der Druck auf die Schranktür plötzlich nach. Der Untote hat ein Stück weiter eine Kante gefunden, an der er sich vorwärts ziehen kann.

Gerade hat das Ding die Tür erreicht, als Tim Schritte und Stimmen im Hausflur hört.

»Ach du Scheiße, siehst du das?«

»Verdammt, der ganze Unterkörper ist weg und es lebt trotzdem!«

Tim hört dumpfe Schläge, ein helles Aufheulen und dann ist Ruhe.

»Ich wünschte, wir würden endlich mal eine Pistole finden.«

»Eine Pistole oder ein Baseballschläger – was macht das für einen Unterschied?«

»Die Waffe will ich für mich! Wenn ich gebissen werde, jage ich mir eine Kugel durch den Kopf, um nicht so zu enden!«

»Dann lass dich eben nicht beißen.«

Die zwei männlichen Stimmen werden lauter, als die Eindringlinge auf Höhe der Küchentür stehen.

»Das Wohnzimmer ist verwüstet, das können wir uns sparen.«

»Vielleicht finden wir noch was zu essen ...«

Tim hört Schritte in die Küche kommen, dann klappen die Türen der Hängeschränke auf und zu.

»Hier ist uns schon jemand zuvor gekommen«, mault die eine Stimme.

»Ja, gut möglich, man könnte meinen, dass –«

Die Stimme des Zweiten bricht ab, als er mit einem Ruck den Unterschrank zum Versteck aufzieht und Tim ins helle Licht der Küche blinzelt. Das Buch ist ihm weggerutscht und die Tür gegen sein Knie geschlagen.

Lange Sekunden starren sie sich nur verblüfft an. Dann lächelt der Mann, der vor Tims Versteck kniet.

»Hallo, ich bin Erik. Und der hinter mir ist Andrej. Und wie heißt du?«

Schweigend sehen sie sich an.

»Du sprichst doch bestimmt deutsch, oder?«

»Ja«, kommt die Antwort zögernd, »ich heiße Tim. Und das ist Oskar.« Er zieht ihn hinter seinem Rücken hervor.

»Hallo Tim«, sagt Erik vorsichtig. »Hast du dich hier allein versteckt?«

Tim nickt.

»Niemand sonst da? Geschwister? Eltern?«

Tim schüttelt den Kopf.

»Aber Oskar.«

»Na, da seid ihr immerhin zu zweit. Wie Andrej und ich.«

Erik grinst traurig und lässt sich auf dem Fußboden nieder. Andrej lehnt hinter ihm am Schrank, lässt die Arme hängen und schweigt.

»Verrätst du mir, wie alt du bist?«

»Sieben.«

»Und das hier ist das Haus deiner Eltern?«

»Ja.«

»Aber die haben sich nicht so gut versteckt wie du, was?«

»Nein.«

Erik lässt den Blick durch die Küche wandern.

»Das ist doch bestimmt ganz schön gefährlich, sich hier zu verstecken.«

»Nein.«

»Und die Zombies, wie der im Flur? Kommen die nicht öfters vorbei?«

»Manchmal.«

»Kann ich mir vorstellen.« Erik nickt. »Ich mache dir einen Vorschlag. Andrej und ich, wir wohnen drei Straßen von hier entfernt. Wir haben ein sicheres Haus und das ist groß genug für drei. Zu dritt könnten wir uns auch viel besser verteidigen, meinst du nicht?«

»Zu viert«, sagt Tim und hält Oskar in die Höhe.

»Stimmt, zu viert wäre es noch besser«, nickt Erik. »Willst du es dir mal anschauen?«

Tim denkt kurz nach, sagt schließlich »Okay«, und klettert aus dem Versteck ins Freie.

»Wollen wir deine Sachen mitnehmen?«

Erik deutet auf die Decken und Bücher im Unterschrank.

»Okay«, sagt Tim.

»Gut, dann trägt Andrej jetzt mal deine Bücher, ich nehme das Bettzeug und du trägst Oskar. Einverstanden?«

»Okay.«

Erik räumt das Versteck aus und drückt Andrej die Bücher vor die Brust. Der verzieht das Gesicht, fügt sich aber schweigend. Zusammen durchqueren sie den Flur und Tim vermeidet es, den halben Körper näher anzusehen, der vor Kurzem noch an seiner Schranktür entlang gekrochen ist. Als sie an der Haustür ankommen, halten sie kurz inne, sondieren vorsichtig die Lage nach allen Seiten und verlassen dann das Grundstück.

Es ist lange her, seit Tim das letzte Mal nach vorne raus auf die Straße getreten ist. Obwohl sein Elternhaus in einer Seitenstraße liegt, war die Luft immer erfüllt von Geräuschen. Das Brummen der Autos, spielende Kinder, Hundegebell, Lärm von Maschinen, Nachbarn beim Gespräch über den Gartenzaun – nichts von alledem ist jetzt noch zu hören. Schweigend und vorsichtig Ausschau haltend gehen die drei durch gespenstisch leere Straßen. Vereinzelt liegen tote Körper herum, die Tim lieber gar nicht näher betrachten will. Sie sind wenige Minuten unterwegs, als Erik »Hier wohnen wir« sagt und auf das große, weiß gestrichene Holzhaus zeigt, das Tim bisher nur beiläufig wahrgenommen hat. Seit letztem Sommer, in dem er in die erste Klasse eingeschult wurde, ist er jeden Morgen an diesem Haus vorbei gekommen. Er erinnert sich an rote Gardinen im Erdgeschoss, aber jetzt sind die großen Fenster dicht mit Brettern vernagelt.

Tim ist unschlüssig und horcht in sich hinein. War es wirklich eine gute Idee, sein Versteck zu verlassen – ein Versteck, das ihn so lange so gut vor den Dingern geschützt hat? Etwas in ihm will umdrehen, will wegrennen vor dem fremden Haus und den beiden fremden Männern. Er würde nicht zögern, wäre da nicht eine zweite leise Stimme in ihm, die erleichtert ist, dass sich etwas verändert.

Erik hat das Haus aufgeschlossen, steht in der offenen Tür und dreht sich zu Tim um.

»Willst du reinkommen und es dir mal ansehen?«

10

Na, was meinst du? Sind die gut?«
Erik strahlt über das ganze Gesicht, so stolz ist er auf seinen Fund, während Tim in den neuen Büchern blättert.

»Die kennst du noch nicht, oder?«

»Nein.«

»Ich habe sie in einem Haus nach Westen raus gefunden, so eine schicke blaue Jugendstilvilla. Da lag der ganze Stapel Kinderbücher einfach so im Wohnzimmer rum. Und da dachte ich mir, nimm sie mit, die könnten Tim gefallen.«

»Ja.«

»Ich hab da auch noch was anderes«, sagt Erik, grinst voll Vorfreude und zieht eine Plastiktüte aus seinem Rucksack. Er kniet sich vor Tim auf den Boden, dreht die Tüte um, und scheppernd fallen ein Dutzend Modellautos und eine Handvoll Figuren auf den Teppich.

»Oh toll, Cowboys und Indianer!«

Tims Gesicht bekommt Farbe.

»Ist vielleicht mal eine Abwechslung«, sagt Erik, »besser, als immer nur mit Oskar zu spielen, oder?«

»Ja. Danke!«

»Gern geschehen, freut mich, dass dir die Sachen gefallen.«

Erik kommt wieder auf die Beine und greift nach seinem Rucksack.

»Andrej und ich gehen dann mal in die Küche, das Abendessen vorbereiten.«

»Liest du mir nachher aus den Büchern vor?«, fragt Tim.

»Kannst du noch nicht lesen? Du gehst doch schon in die Schule ...«

»Wir hatten noch nicht alle Buchstaben.«

»Verstehe. Ich kann dir später gern vorlesen. Aber vielleicht will ja auch mal Andrej ...«

»Nein nein, das überlasse ich gern Papa Erik.«

Mit abwehrend erhobenen Händen geht Andrej voraus in die Küche.

»Verbring du deinen Abend ruhig mit Vorlesen. Ich weine währenddessen darüber, dass wir für die Spielsachen exzellente Spirituosen zurückgelassen haben.«

»Ach hör auf, das hast du mir schon auf dem Heimweg vorgehalten. Du willst Alkohol? Na bitte, dann geh einfach nach nebenan und bedien dich an der Whiskysammlung.«

Kopfschüttelnd sortiert Erik Konserven in die Speisekammer ein.

Andrej tippt ihm auf die Schulter: »Dir ist doch hoffentlich klar, was du da anstellst?«

»Was meinst du mit *anstellst*?«

»Du bist dabei, den Jungen zu adoptieren. Du spielst den Ersatzvater. Schon mal überlegt, welche Verantwortung das ist?«

»Die Verantwortung haben wir jetzt sowieso. Er hat keine Eltern mehr und von anderen Verwandten wissen wir nichts. Wir können den Burschen schlecht vor die Tür setzen, oder?«

»Fürs Erste nicht. Aber denk an die Konsequenzen: Kinder mit sich zu schleppen erhöht das Risiko auf frühes Ableben!«

»Seit wann wirst ausgerechnet *du* vorsichtig?«

Andrej zuckt die Schultern.

»Wenn wir schon abtreten, will ich wenigstens so lange wie möglich durchhalten. Ich werde der letzte sein, den sie kriegen!«

»Nur zu, stirb als der letzte Mensch. Um diese Position beneide ich dich nicht. Ich bevorzuge Gesellschaft.«

»Ach ja, ich vergaß, du bist ja ein Familienmensch.« Andrej grinst.

Ja, ich hatte Familie, denkt Erik und erschrickt. Wie wohl sein Sohn und seine Exfrau diese Zeit in Berlin erleben? Wenn sie noch leben. Er lehnt sich an den Küchentisch und sieht zu Boden. Wann hat er zum letzten Mal mit seinem Sohn gesprochen? Oder auch nur an ihn *gedacht*?

»Hörst du mir überhaupt zu?« fragt Andrej.

Erik sieht erstaunt zu ihm auf.

»Was ist jetzt«, fragt Andrej, »willst du zum Abendessen Nudeln oder weiße Bohnen?«

ie Nachtwache schließt die Tür von Zimmer 1212 ab, nachdem sie sich davon überzeugt hat, dass Sophie tief und fest schläft. Der Schlüssel dreht sich leise im Schloss, dann setzt die Wache ihren Rundgang fort. Die Schritte auf dem Gang sind noch nicht ganz verhallt, da schlägt Sophie die Augen auf. Sie ist benommen, aber wach genug, um sich aufzusetzen. Ihr Bewusstsein kämpft gegen die Betäubungsmittel an und Sophie hat sich vorgenommen, den Kampf in dieser Nacht zu gewinnen.

Hartes, kaltes Mondlicht fällt durch das vergitterte Fenster und zeichnet kleine, helle Quadrate auf die Bodenfliesen. Das Zimmer dreht sich leicht vor ihren Augen, ihr Bett scheint nach rechts zu kippen.

Lass dich davon nicht irritieren, flüstert es in ihr, *das ist nicht deine Wirklichkeit, es ist nur ihre!*

Sophie atmet gegen den Taumel an, sie füllt ihre Lungen in tiefen, regelmäßigen Zügen.

Achte nicht auf deine Umgebung, Sophie, konzentriere dich.

Langsam setzt sie den rechten Fuß auf den kalten Boden. Noch langsamer folgt der linke, und die Drehung des Raumes nimmt Fahrt auf.

Nichts übereilen, steh noch nicht auf, bleib einfach noch ein bisschen sitzen, du darfst nicht hinfallen!

Sophie hört in sich hinein, sucht nach jenen Kräften, die von den Medikamenten betäubt werden. Seit einer Woche sucht sie jede Nacht nach ihnen, und jede Nacht wird sie ein bisschen stärker.

Nur die da draußen dürfen nichts merken. Eine Stunde Zeit zum Kraftschöpfen bleibt ihr, dann kommt die Nachtwache auf der nächsten Runde wieder an ihrem Zimmer vorbei.

Sophie spürt, dass sie nicht mehr viele Nächte Zeit zum Sammeln hat. Dass sie zu Kräften kommt, wird sie nicht lange verstecken können. Sie muss handeln, spätestens in zwei, drei Tagen. Vielleicht schon morgen. Wenn nicht gar heute Nacht.

Werde nicht ungeduldig, damit machst du dir alles kaputt!

Dann steht sie auf einmal aufrecht, schwankt kaum und die Angst wird schwächer. In kleinen, schweren Schritten geht sie zum Waschbecken hinüber.

Konzentriere dich, setze immer einen Fuß vor den anderen, langsam, nur langsam, du machst das gut!

Als sie das Waschbecken erreicht, stützt sie sich mit beiden Armen auf dessen kaltem, weißen Rand ab. Ihre Beine sind schwer und die Knie zittern wie nach einer Bergwanderung, sie wollen sich einfach nur fallen lassen und Sophie muss all ihre Kraft aufbieten, um stehen zu bleiben.

Das war gut, das war großartig, so weit bist du die ganze letzte Woche nicht gekommen!

Sie hebt den Blick und betrachtet sich im Spiegel, der über dem Waschbecken in der Wand eingelassen ist. Das nächtliche Blau zeichnet ihr harte Schatten ins Gesicht. Sie erschrickt vor dem Gespenst, das ihr entgegen starrt, vor den harten, mürrischen Linien um ihren Mund, den strähnigen schwarzen Haaren, den trüben schwarzen Augen. Sie ist erst vierzehn, sieht aber um Jahre älter aus.

Sieh an, was aus dir geworden ist! Sieh an, was sie aus dir gemacht haben!

Tränen lassen das Spiegelbild verschwimmen, sie weint vor Entsetzen und Hass und Verzweiflung.

Weine ruhig, ja, aber nicht aus Selbstmitleid, verdammt, sei wütend, sei böse, du hast das Recht dazu!

Sie spürt, wie sich etwas in ihr zusammenballt, wie aufgestaute Angst und Wut zusammenfließen. In ihr flackert wieder eine kleine Flamme, ein Funken Wärme. Es ist jene Wärme, die man ihr so gründlich ausgetrieben hatte. Eine Wärme, die vom Bauch in die Brust steigt, in die Schultern, den Nacken hinauf bis in den Kopf. Die Benommenheit in ihrem Schädel schwindet, die Wärme bläst das taube Gefühl wie lästigen Staub weg.

Sophie ist plötzlich hellwach, sie triumphiert, sie fühlt die Wärme durch alle Glieder pulsieren, sogar die kalten Fliesen spürt sie nicht mehr. Als sie an sich herunter blickt, sieht sie sich einige Zentimeter über dem Boden schweben, nicht mal die Zehenspitzen berühren mehr die Fliesen. Das Zimmer dreht sich immer noch, aber diesmal ist es nicht der Schwindel, es ist Sophie selbst, die sich langsam und konzentriert um die eigene Achse dreht. Die Wärme leuchtet gelb und golden und überstrahlt das nächtliche Blau, sie lässt die Schatten im Raum flackern als habe Sophie mitten in ihrer Zelle ein Lagerfeuer entzündet.

Sie muss nicht auf morgen oder übermorgen warten. Heute wird es soweit sein, sie wird heute gehen.

Als die Nachtwache auf ihrer Runde wieder an Zimmer 1212 vorbeikommt, ist die Stahltür aus der Wand gerissen und lehnt an Sophies leerem Bett. Die Nachtwache eilt in langen, schnellen Schritten den Flur hinunter zum Alarmknopf. Als die Sirene aufheult und es mit der nächtlichen Ruhe vorbei ist, hat Sophie schon zehn Minuten Vorsprung.

12

Sophie starrt hinaus in den Nebel, während ihre Mutter den Audi über die Landstraße steuert. Die Scheinwerfer sind nicht mehr nötig, die erste Dämmerung weckt schon das kahle Umland aus seinem Schlaf. Sophie berührt mit dem linken Zeigefinger leicht die Frontscheibe, als sie auf die Straße deutet: »Gleich kommt eine kleine Kreuzung. Wir müssen nach rechts abbiegen.«

Im nächsten Augenblick tauchen Schemen von Bäumen vor ihnen auf, als sich die Straße gabelt. Die Mutter verringert das Tempo und schlägt das Steuer nach rechts ein. Straßenschilder schweben vorüber, doch sie nimmt nicht wahr, wohin sie verweisen.

»Sophie, woher kennst du diese Gegend? Warst du schon einmal hier?«

»Nein, ich war noch nicht hier«, murmelt Sophie. Sie weiß, dass es sinnlos wäre, es der Mutter zu erklären. Sie schweigt und konzentriert sich darauf, dem Wagen immer einige Minuten vorauszueilen. Ihre Sinne fliegen wie Kundschafter in alle Richtungen aus und lassen vor Sophies innerem Auge eine Landschaft entstehen, die in Umrissen Straßen und Häuser, Büsche und Felder abbildet.

Es ist das Beste, dem Kind die Entscheidungen zu überlassen, weiß die Mutter, und ein wenig erleichtert sie das. Sie kann ihrer Tochter jetzt helfen, indem sie nur den Wagen steuert. Das schlechte Gewissen und das Unvermögen, nichts für ihre Tochter tun zu können, haben ihr monatelang zugesetzt. Zermürbend war das Warten, das hilflose Ausharren in der Nähe ihrer Tochter. Das Wissen, wie nah und zugleich doch unerreichbar weit voneinander getrennt sie waren, haben ihr Albträume bereitet. Diese Last ist schlagartig von ihr gefallen, seit sie am Steuer ihres Wagens sitzt.

Unerwartet hatte Sophie mitten in der Nacht vor ihrem Bett gestanden, zum Aufbruch gedrängt und keine Zeit für Fragen gelassen. Aber sie fügt sich schweigend den Entscheidungen der Tochter. Man fügt sich besser in das, was das Leben festlegt. So hat sie es schon als Kind gehalten, aus Gehorsam gegenüber den Eltern. Später hat sie sich ihrem Mann gefügt, erst aus Vertrauen, dann aus Gewohnheit. Doch erst mit ihrer Tochter hat sich die ersehnte Gewissheit eingestellt, sich der richtigen Führung anvertrauen zu können.

»Halt an«, sagt Sophie und hebt warnend die Hand. »Mach den Motor aus.«

Die Mutter bremst den Audi ab, dreht den Zündschlüssel um und das Brummen des Wagens erlischt.

»Erschreck dich nicht«, flüstert die Tochter, »sie überqueren gleich die Straße.«

Die Mutter hält den Atem an, sie hört nichts außer dem Ticken der Uhr am Armaturenbrett.

Gemeinsam lassen sie die Blicke über den morgendlichen Nebel wandern, der über den brach liegenden Feldern links und rechts der Landstraße liegt. Und dann sehen sie die Schatten, die sich geisterhaft aus dem trüben Grau lösen und in unregelmäßigen, schwankenden Bewegungen von links nach rechts die Straße queren. Eine kleine Gruppe Verstorbener wankt dahin, den Schatten nach Männer, Frauen und ein paar Kinder. Lautlos sind sie unterwegs, manche stocksteif aufgerichtet, andere humpeln mit bizarr verdrehten

Gliedmaßen. Die Kleidung hängt einigen in Fetzen vom Körper, manche sind nackt und ziehen Reste von Hosen und Kleidern auf dem Boden hinter sich her.

»Wo wollen die hin«, flüstert die Mutter.

»Sie haben kein Ziel, sie können nur nirgendwo bleiben«, antwortet Sophie.

Sie warten, bis die skurrile Prozession im Nebel verschwunden ist, dann nickt Sophie und sie starten ihren Wagen und fahren langsam weiter.

»Wir sollten uns eine Unterkunft für den Tag suchen«, sagt Sophie, »wir sind sicherer, wenn wir nur nachts fahren.«

Die Mutter löst den Blick von der Straße. »Ja, aber die Toten schlafen doch nachts nicht.«

»Nein, sie schlafen nicht. Aber ich brauche Schlaf. Und ich fürchte, man wird bald nach uns suchen.«

»Verstehe«, sagt die Mutter und lächelt, »alles, was du willst.«

»In ein paar Minuten kommen wir in einen kleinen Ort. Er ist verlassen, und es gibt da ein Haus, in dem wir sicher sein werden«, sagt Sophie, während ihr Blick bereits durch die Räume des Hauses gleitet.

13

Pünktlich um 7.00 Uhr erscheint Merger zum Gespräch beim Verteidigungsminister. Der Brigadegeneral hat kurzfristig um diesen Termin gebeten, nachdem ihn der Anruf aus Hannover erreichte. Der Sekretär des Ministers kündigt ihn an und Merger kann ein müdes »Schicken Sie ihn rein« aus dem Besprechungsraum hören. Dort plant rund um die Uhr an einem langen, von zahlreichen Monitoren schwach beleuchteten Tisch die Generalität die Verteidigung der fünf geschützten Zonen, die es noch auf deutschem Boden gibt. Vier Männer und zwei Frauen sind an diesem Morgen im Dienst, als Merger vor den Verteidigungsminister tritt. Dieser ist tief über sein Notebook gebeugt, dessen fahles Leuchten ihm gespenstische Gesichtszüge verleiht.

»Nehmen Sie Platz, Merger, wollen Sie einen Kaffee?«, fragt er ohne aufzusehen.

»Nein, Herr Minister, ich habe schon gefrühstückt. Aber vielen Dank für die Nachfrage.«

»Vertrödeln wir keine Zeit. Was haben Sie denn für uns?«

»Ich verderbe Ihnen ungern den Morgen, aber ich habe schlechte Nachrichten. Eines unserer zwei Objekte des Projekts Exploser ist verschwunden.«

»Exploser?« Der Minister löst den Blick vom Bildschirm und lehnt sich in seinem Stuhl zurück. »Wenn Sie von einem Objekt sprechen … meinen Sie eine der Versuchspersonen …«

»So ist es. Man hat mir mitgeteilt, dass die jüngere Person geflüchtet ist.«

»Frischen Sie mein Gedächtnis auf. Wer ist die jüngere

Person?«

»Es handelt sich um ein vierzehnjähriges Mädchen. Sie ist offenbar mit ihrer Mutter in Kontakt getreten. Beide sind jetzt auf der Flucht. Mehr weiß ich noch nicht.«

Der Minister sieht Merger eine Weile schweigend an.

»Ihre Leute haben tatsächlich ein vierzehnjähriges Mädchen entkommen lassen?«

»Nun, sie ist nicht irgendein Teenager.«

Merger lässt seinen Blick über die Anwesenden wandern und fragt sich, was sie über das Exploser-Projekt wissen.

»Das Mädchen hat bekanntlich … besondere Fähigkeiten.«

»Welches Vorgehen schlagen Sie vor?«

»Ich erbitte drei Sikorskys und sechzig Soldaten zur Evakuierung des Exploser-Zentrums.«

»Drei der großen Hubschrauber? Völlig ausgeschlossen«, meldet sich eine der Frauen aus der Generalsrunde. »Wir haben gerade noch fünf Sikorskys in Berlin, im ganzen Land nur ein Dutzend davon.«

Der Minister wischt den Einwand mit einer Handbewegung zur Seite.

»Hören Sie, Merger, ich gebe ihnen zwei Sikorskys und dreißig Mann. Fliegen Sie zum Zentrum, sammeln Sie das Wichtigste ein, was von Exploser noch übrig ist, und seien Sie zum Ende des Tages zurück.«

»Einverstanden.«

»Über das Mädchen sprechen wir noch, wenn Sie mehr Informationen haben.«

»Jawohl.«

Merger salutiert und verlässt grußlos den Raum. Er hat keine Zeit zu verlieren.

Kaum schließt Merger die Tür, wendet sich die

Generalin wieder an den Minister: »Eben haben wir noch darüber gesprochen, dass die Versorgungsflüge kaum aufrecht zu erhalten sind, und Sie geben einfach so zwei unserer Hubschrauber weg? Bei allem Respekt – das kann ich nicht nachvollziehen!«

»Ich verstehe das.« Der Minister nickt ihr zu. »Sie kennen das Projekt Exploser nicht, es entspricht nicht Ihrer Autorisierungsstufe. Ich kann Ihnen nur so viel dazu sagen, dass dieses Projekt bis zum Ausbruch der Zombie-Krise in der Priorität weit oben angesiedelt war. Wenn Merger dreißig Männer und zwölf Stunden Zeit reichen, Exploser zu sichern, dann lohnt sich der Einsatz.«

In der Halle des provisorischen Flughafens lässt sich Merger um 7.30 Uhr die aktuellen Wetterdaten geben. Dann schreitet er die Reihe jener dreißig Männer und Frauen seiner Einheit ab, die am schnellsten alarmiert werden konnten. Er blickt in überarbeitete, erschöpfte Gesichter, während er ihnen die Aufgabe ihrer Mission erklärt. Mit den Hubschraubern können sie in 90 Minuten das Exploser-Zentrum nahe Hannover erreichen. Vor Ort werden ihnen etwa sieben Stunden Zeit bleiben, die wichtigsten Unterlagen, Geräte und Wissenschaftler des Standortes zu evakuieren.

»Wir werden maximal fünfzehn Personen an Bord der Hubschrauber mitnehmen«, sagt Merger, »Sie bekommen von mir die Namensliste während des Fluges. Ich rechne damit, dass der eine oder andere der gut fünfzig Mitarbeiter seinen Verbleib im Zentrum nicht akzeptieren wird. Ich autorisiere Sie, den Vollzug unsere Mission notfalls mit Waffengewalt zu sichern. Priorität hat, das im Exploser-Zentrum verbliebene zweite Objekt sicher nach Berlin zu bringen. Mit dem ersten Objekt beschäftigen wir uns, sobald wir mehr über seine Flucht wissen. Wenn wir diszipliniert vorgehen, sind wir in zehn Stunden wieder in Berlin.«

14

Was hat er gesagt?«, fragt Burgdorf seinen Kollegen am Funkertisch, als sich dieser die Kopfhörer abstreift.

»Sie sind im Anflug und werden in knapp einer Stunde hier sein«, antwortet Lehfeld und blickt zu Burgdorf auf. »Ich fürchte, wir werden einigen Ärger bekommen.«

»Merger kann uns mal, wir haben alle seine Anweisungen eingehalten. Das ist alles dokumentiert.«

»Er sieht es möglicherweise anders. Wir sollen Objekt Zwei reisefertig machen. Der Patient wird ausgeflogen.«

»Das heißt, er macht den Laden dicht?« Jetzt wird sich auch Burgdorf des Problems bewusst.

»Ja, Herr Kollege, das heißt es wohl. Ich weiß nicht, was Merger im Einzelnen plant, aber er wird uns kaum alle mit nach Berlin nehmen, soviel steht ja wohl fest.«

»Was meinst du, stehen wir beide auf der Reiseliste?«, will Burgdorf wissen.

»Nachdem wir Objekt Eins haben entkommen lassen? Was meinst du denn?«

Burgdorf tritt an den Funkertisch heran und beugt sich so dicht zu Lehfeld hinunter, dass sich ihre Nasenspitzen beinahe berühren. »Wenn er uns loswerden will, sollten wir jetzt sehr genau überlegen, wie wir dem begegnen.«

Es ist 9.15 Uhr, als die Rotoren und Triebwerke der beiden Hubschrauber die morgendliche Stille über dem Exploser-Zentrum zerschneiden. Die zwanzig Meter langen Ungetüme landen nahezu gleichzeitig, lassen sich wie zwei riesige schwarze Krähen auf der Wiese neben den Bunkern nieder. Die Gebäude des Zentrums bestehen aus massivem Beton, aber jetzt zittern Sie unter dem Dröhnen der Maschinen.

Burgdorf und Lehfeld geben ein klägliches Empfangskomitee am Rand der Wiese ab. Ihre weißen Kittel flattern in den Böen, welche die Rotoren gegen das Gebäude blasen. Die Hubschrauber sind kaum gelandet, als die Soldaten schon aus den hinteren Ladeluken ins Freie springen. Die Wissenschaftler sehen die hochgewachsene Statur des Brigadegenerals an der Spitze der Truppe in großen Schritten auf sie zueilen. Burgdorf setzt zu einer Begrüßung an, doch Merger ist schneller.

»Lehfeld! Burgdorf! Was stehen Sie hier herum? Sind Sie schon mit Ihren Vorbereitungen fertig?«

»Nein… Naja, also fast, wir –«

»Dann los, rein mit ihnen, erzählen sie mir auf dem Weg, wo es noch hakt.«

Um Punkt 9.20 Uhr starrt Merger durch die dicke, einseitig verspiegelte Scheibe in den zentralen medizinischen Saal der Anlage. Auf dem Operationstisch liegt angeschnallt sein Passagier, zwei Mitarbeiter lassen die Blicke zwischen ihm und den zahlreichen Monitoren hin und her wandern.

»Schläft er oder haben Sie ihn betäubt?«, will Merger wissen.

»Wir haben ihm Ketamin injiziert«, sagt Lehfeld, »er wird die nächsten Stunden keine Probleme machen. Die Dosis kann auch erhöht oder mit Schlafmitteln ergänzt werden – je nachdem, was Sie vorhaben.«

»Klingt gut«, Merger nickt zufrieden, »halten Sie ihn über den Tag hinweg in diesem Zustand. Wir haben sechs Stunden, alles Nötige zusammenzutragen. Spätestens um 15 Uhr heben wir ab.«

»Wen genau meinen Sie, wenn Sie *wir* sagen?«, fragt Burgdorf, »ich nehme nicht an, dass wir alle in die Hubschrauber passen?«

»Ja, das sehen Sie richtig.«

Merger wendet sich ihm zu, sieht ihm ruhig und konzentriert in die Augen.

»Ich habe nur zwei Hubschrauber bekommen. Ich kann zehn, maximal fünfzehn Personen des Standorts mitnehmen.«

»Und... und an wen hatten Sie dabei gedacht?«

»An das engste Pflegepersonal, seine psychologischen Betreuer und Wachpersonal. Die Pfeifen haben zwar Objekt Eins entkommen lassen, aber in der Hauptstadt fehlt es an Soldaten.«

»Was passiert mit den anderen?«

»Die werden hier die Stellung halten müssen.«

»Die Stellung halten auf verlorenem Posten?«

»Keine Stellung ist verloren, solange sie noch von Menschen gehalten wird.«

»Dann frage ich mich, warum Sie das Risiko eingehen, Objekt Zwei zu verlegen. Haben Sie in Berlin denn die Räumlichkeiten und die Mittel, den Patienten unter Kontrolle zu halten?«

Merger geht auf Burgdorf zu, bis sich die beiden Männer dicht gegenüber stehen. Er ist einen halben Kopf größer, und Burgdorf muss zu ihm aufsehen.

»Sie fragen mich ernsthaft, ob ich die Kontrolle behalten kann? Erwiesenermaßen sind Sie nicht in der Lage, ein vierzehnjähriges Mädchen zu beaufsichtigen. Und da soll ich Ihnen weiterhin einen weitaus gefährlicheren Patienten anvertrauen?«

Merger schüttelt den Kopf.

»Nein Burgdorf, ich fürchte, Sie sind der Aufgabe nicht länger gewachsen. Zumal Sie seit Monaten keinen

Schritt voran gekommen sind.«

Burgdorf setzt zu einer Antwort an, aber Merger bringt ihn mit einer Handbewegung zum Schweigen.

»Dann ist da noch der Ausbruch des Zombie-Virus. Mag sein, dass Ihre Sicherheitszäune den Untoten noch eine Weile standhalten können. Andererseits: Wenn ein kleines Mädchen und seine Mutter die Anlagen so leicht von innen überwinden konnten, denke ich, dass das auch aus der anderen Richtung funktioniert. Ich werde nicht untätig abwarten, bis dieser Moment kommt.«

»Dann verlange ich, dass Sie Lehfeld und mich mit nach Berlin ausfliegen!«

»Ach, das *verlangen* Sie mal so eben?«

»Merger, Sie können vielleicht das Objekt und alle dazugehörigen Unterlagen mitnehmen, aber einige wichtige Daten stehen nirgendwo aufgeschrieben, die haben wir in unseren Köpfen gespeichert, nirgendwo sonst. Wenn Sie meinen, auf diese Informationen verzichten zu können – es gibt sicher noch andere, die an unserem Wissen Interesse haben …«

»Sind Sie noch bei Trost?« Mergers Stimme wird sehr leise, seine Augen verengen sich zu schmalen Schlitzen. »Sie drohen mit Geheimnisverrat?«

»Ich … ich sage nur, dass wir über persönliches Wissen verfügen, welches einen großen Nutzen hat.«

»Mag sein, dass Sie beide mir Wissen voraus haben.«

Merger zieht seine Pistole.

»Aber das brauche ich nicht doppelt.«

Er richtet die Waffe auf Burgdorf und drückt zweimal ab. Der Wissenschaftler wird von den Schüssen einen Meter zurückgeworfen und rutscht blutend an der Wand herunter.

»Und wie ist das mit Ihnen?«

Merger dreht sich zum kreidebleichen Lehfeld um.

»Möchten Sie auch mit mir diskutieren oder habe ich Ihre Loyalität?«

»Meine ... Oh ja, sicher! Wissen Sie, das war alles nicht meine Idee ...«

»Das beruhigt mich. Willkommen im Team.«

ls Sophie erwacht, hat die Sonne bereits den höchsten Stand des Tages überschritten. Ihre Strahlen blitzen durch die Lamellen der hölzernen Jalousie an Sophies Fenster. Noch im Halbschlaf versucht Sophie, das Gesicht in den Händen zu vergraben und in ihren Traum zurück zu flüchten. Doch der Tag gewinnt, das Rauschen des Windes vor dem Fenster ruft sie in die Realität.

Sophie ist noch benommen, ist erschöpft, weil ein Teil ihres Bewusstseins keinen Schlaf gefunden hat und beständig nach Gefahren Ausschau haltend um das Haus kreiste.

Als sie die Treppe ins Erdgeschoss hinunter kommt, steht ihre Mutter in der Küche.

»Hallo, mein Schatz!«

Sie strahlt Sophie an und die lächelt matt zurück.

»Schau mal, ich habe Kaffee gekocht! Dieses Haus ist ein Traum, weißt du, es gibt fließend Wasser und sogar Strom!«

»Ich weiß«, sagt Sophie. Sie lässt sich auf einen der vier Stühle rund um den großen Küchentisch fallen und sieht sich um.

Die Küche ist großzügig ausgestattet, an der Wand hängen Messer, Schöpfkellen und Siebe sauber nebeneinander aufgereiht. Auf den Hängeschränken stehen zahlreiche bunt bemalte Kaffeekannen in Form von Tieren und Früchten. Unter den Bewohnern muss jemand eine ausgeprägte Sammelleidenschaft gehabt haben, denkt sich Sophie.

Nichts deutet darauf hin, dass sich außerhalb dieser Wände eine Katastrophe ereignet hat. Die Mutter steht am Herd, rührt Speck und Gemüse in einer Pfanne zusammen, und schwatzt fröhlich, als sei dies ein normaler, unbeschwerter Familientag.

»Stell dir vor, der Gefrierschrank ist voll mit Fleisch, Obst und Gemüse. Ich weiß ja nicht, wer hier gewohnt hat, aber den Vorräten nach kann eine Großfamilie bestimmt ein bis zwei Wochen üppig davon leben. Und dass sogar der Strom noch funktioniert, ist ja ein wahres Wunder!«

»Das ist kein Wunder, das ist dem Stromspeicher im Keller zu verdanken. Dieses Haus hat Solarzellen auf dem Dach und ein eigenes Blockheizkraftwerk im Keller.«

»Im Ernst? Mein Gott, warum haben es die Bewohner dann verlassen?«

»Keine Ahnung, Mama.«

»In seltsamen Zeiten leben wir« – die Mutter schüttelt den Kopf –, »in sehr seltsamen Zeiten.«

Sophie überlegt noch, wann sie das letzte Mal richtig heißen, frisch gebrühten Kaffee getrunken hat, als ihre Mutter mit der Pfanne an den Tisch kommt und ihr eine große Portion Speck und Gemüse auf den Teller schaufelt.

»Eier habe ich leider keine gefunden und frische Milch haben wir auch nicht, aber sonst können wir uns nicht beschweren.«

»Schon okay, mit Kaffeesahne aus der Dose bin ich absolut einverstanden.«

Sophie spürt ihren Hunger erst so richtig beim Blick auf die Speisen, welche die Mutter zubereitet hat. Mit jedem Bissen fühlt sie sich stärker.

Aufmerksam sitzt ihr die Mutter gegenüber, sichtlich zufrieden damit, ihrer Tochter eine Mahlzeit anbieten zu können.

»Meinst du, wir können eine Weile in diesem schönen Haus bleiben?«, fragt die Mutter.

»Ich weiß nicht. Kann sein, dass wir hier sicher sind. Kann auch sein, dass sie schon nach uns suchen.«

»Es wäre wirklich schade, all die guten Sachen hier zurückzulassen, weißt du.«

Sophie antwortet nicht. Sie legt ihren teilnahmslosen Blick auf und hofft nur, die Mutter möge sich nicht gerade jetzt zum Fenster umdrehen. An der Küche ziehen zwei Untote vorbei, halten alle paar Schritte inne, horchen, wenden die Köpfe und torkeln dann weiter.

Später lässt Sophie im Badezimmer heißes Wasser in die Wanne laufen, schnuppert sich durch die Öle und Badezusätze, die sich im Halbkreis um den Wannenrand versammeln, und versinkt dann bis zur Nasenspitze im warmen Schaum.

Schlaf nur nicht ein, ermahnt sie ihre innere Stimme, *halte den Schutz um das Haus aufrecht!*

Aber Sophie weiß, dass sie jetzt keine Angst mehr haben muss. Je länger sie entspannt im Wasser liegt, umso stärker wächst jene mächtige, kräftige Wärme in ihr.

16

Merger kann zufrieden sein, er hat eine Stunde gewonnen. Es ist 14.00 Uhr und sein Team hat bereits alle zu evakuierenden Gerätschaften in die Hubschrauber verladen. Die Mitarbeiter, die er zurücklassen will, zeigen sich wie erwartet wenig kooperativ. Eine Gruppe von etwa dreißig Männern und Frauen protestiert lautstark und lässt sich nur mit gezogenen Waffen auf Abstand halten, als die Sikorskys ihre Motoren anlassen.

»Sie werfen uns denen zum Fraß vor!«, ruft eine der Betroffenen und deutet zu den Sperranlagen hinüber, vor denen sich eine große Zahl Zombies versammelt hat. Die Verladearbeiten haben ihre Aufmerksamkeit geweckt. Die Untoten belagern den Landeplatz, wie Insekten eine nächtliche Straßenlaterne umschwirren.

»So langsam sollten wir verschwinden«, sagt die Einsatzleiterin zu Merger, als dieser zu ihrer Gruppe hinüber kommt.

»Warum so nervös? Sie können zu acht doch wohl dreißig Zivilisten in Schach halten!«

»Die dreißig sind nicht das Problem, mich beunruhigen die Typen auf der anderen Seite!«, sagt die Soldatin und deutet mit dem Kopf zu den Zombies.

Merger geht einige Schritte auf die Absperrung zu, die aus zwei Zäunen besteht. Der äußere ist etwa drei Meter hoch, der innere, ein Stück zurückgesetzte sogar vier Meter. Beide tragen am oberen Ende dichte Rollen NATO-Draht. Merger begutachtet zufrieden die stählernen Pfeiler, die den Zaun halten, als er von rechts Rufe hört und mehrere Personen über die Freifläche zwischen den Zäunen rennen sieht.

»Sie sind drin! Verdammt, sie sind drin!«

Unter den abgewiesenen Mitarbeitern bricht Panik aus und auch die Soldaten am Hubschrauber werden unruhig. Merger erkennt, welche Art Zombies den äußeren Zaun überwunden hat: es sind die aggressiven, wütenden »Sprinter«.

Merger ist eher erstaunt als entsetzt und ein Anflug von Respekt für die Untoten steigt in ihm auf. Er weicht vom Zaun zurück, rennt auf seine Truppe zu.

»Scheiße, wo sind die reingekommen?«, fragt die Soldatin.

»Ich habe keine Ahnung«, sagt Merger, »aber wir starten jetzt, sofort! Ziehen Sie sich mit ihren Leuten in den Hubschrauber zurück!«

Dann wendet er sich den aufgebrachten Mitarbeitern zu, die in ihren weißen Laborkitteln unter dem Luftdruck der Rotoren wie ein Schwarm aufgebrachte Tauben herumflattern.

»Zurück ins Gebäude! Alles zurück ins Gebäude!«, schreit Merger. »Versiegeln Sie die Schleusen, dann sind Sie sicher!«

»Sie Lügner! Wir wollen in die Hubschrauber!«

Eine kleine Gruppe stürzt auf die Laderampe zu, auf der Soldaten mit Maschinengewehren stehen. Im Tumult gehen ihre Warnrufe unter und es fallen Schüsse.

Merger rennt zur Nase des Sikorskys vor und gibt den Piloten mit beiden Händen das Zeichen zum Abheben. Dann läuft er zum zweiten Hubschrauber weiter, vor dessen Laderampe Lehfeld von einem Bein aufs andere tritt und die Hände ineinander krampft.

»Rein mit Ihnen, verdammt, Sie haben sich um Ihren Patienten zu kümmern!«

Merger packt Lehfeld an den Schultern und stößt ihn

die Rampe hoch in den Transporter. Dort kauern sechs Pfleger und Krankenschwestern um die Bahre mit dem betäubten Patienten, während Mergers Soldaten zwischen Kisten und Laborgeräten mühsam Halt suchen. Merger schreit »Abflug!« nach vorn und sieht, wie der Pilot bestätigend den Daumen nach oben reckt.

Mit offenem Heck hebt der Hubschrauber ab und Merger hält mühsam das Gleichgewicht, während er auf das Landefeld zurückblickt. Einen halben Meter über dem Boden springt die Hydraulik an, welche die Heckklappe hebt und von oben das Ladetor absenkt. Merger muss sich ducken, um noch sehen zu können, was draußen passiert.

»Verdammt, warum hebt der nicht ab?«, ruft der Soldat neben ihm.

Sie sehen, wie der zweite Sikorsky sich nur wenige Zentimeter über dem Boden dreht. Mündungsfeuer blitzt aus den Gewehren der Soldaten, die noch auf der Laderampe stehen und von Abgewiesenen bedrängt werden. Einige Labormitarbeiter fallen getroffen von der Rampe, andere klammern sich ans Heck, als um die linke Gebäudeseite dunkle, zerlumpte Gestalten gerannt kommen.

»Scheiße, Sprinter«, schreit der Soldat neben Merger.

»Ihr Schwachköpfe«, sagt Merger leise, »ihr hättet euch im Gebäude verschanzen sollen …«

Sie sehen, wie sich der Hubschrauber schwerfällig vom Boden hebt, während Zombies zu der Menschentraube auf die Laderampe springen. Der Hubschrauber bekommt Schlagseite, kippt nach rechts weg und fliegt schräg über die Landefläche auf den Zaun zu, bis das erste Rotorblatt den Boden berührt. Damit verliert der Sikorsky endgültig an Kontrolle, er sackt nach unten ab, Rotorteile fliegen durch die Luft und Flammen schießen aus dem rechten Triebwerk, als es über den Rasen geschleift wird. Mit schwachem Knall explodiert die Turbine und Flammen hüllen die ganze Seite des Hubschraubers ein.

Wortlos starrt Merger aus dem sich schließenden Heck seines Hubschraubers, der schnell an Höhe gewinnt. Das Letzte, was sich in seine Erinnerung einbrennt, bevor sich die Ladeluke endgültig schließt, ist die wachsende Zahl an Untoten, die um das brennende Wrack wogt und in das Exploser-Zentrum einströmt.

17

Wir können vielleicht noch eine Nacht ausruhen«, sagt Sophie, als sie am Wohnzimmerfenster steht und in die Abenddämmerung blickt.

»Das ist schön!«

Die Mutter ist erleichtert.

»Soll ich uns Abendessen machen?«

»Ja, gern, aber lass die Lichter ausgeschaltet«, sagt Sophie. Ihre Sinne streifen durch die Nachbarschaft und erfassen jenes Dutzend Untote, das in dieser Gegend durch die Nacht taumeln wird.

Über das freie Feld kann Sophie gut einen Kilometer weit blicken und jede Bewegung registrieren. Sie sieht eine Eule durch die Luft gleiten, Wildkaninchen an Zweigen knabbern und eine Gruppe Rehe aus dem Wald treten. Nur menschliches Leben kann sie nicht ausmachen. Offenbar wird nicht nach ihnen gesucht, und Sophie fragt sich, ob das gut oder schlecht ist. Vergeblich hofft sie auch auf jene Signale, die sie in Gefangenschaft gespürt hat, jene stetige, wenn auch schwache Kraft aus einem anderen Teil des Gebäudes, deren Anwesenheit sie spüren, deren Botschaft sie aber nicht verstehen konnte. Es muss mindestens einen weiteren Menschen wie sie im Exploser-Zentrum gegeben haben. Sie war nicht allein, und das ist tröstlich und beängstigend zugleich.

Nachdem sie die Fenster in der Küche verhüllt haben, wagen sie es, zum Abendessen zwei Kerzen anzuzünden.

»Es ist schön, dich wieder bei mir zu haben.«

Die Mutter lächelt über die Teller hinweg zu ihrer Tochter hinüber.

»Lange her, dass wir mal einen ganzen Abend miteinander verbringen konnten, mein Schatz.«

»Ja, ich war eben eine Weile weg«, antwortet Sophie grinsend und bereut es im gleichen Moment. Zu spät fällt ihr ein: Ihre Mutter kann mit Ironie nichts anfangen.

Die fahrigen Hände der Mutter streichen über den Küchentisch.

»Es war hart, dich in diesem Zentrum so nah bei mir zu wissen, und doch warst du gleichzeitig so weit weg, weißt du. Jeden Tag habe ich darum gebettelt, sie möchten mich doch zu dir lassen. Aber sie haben mich immer nur vertröstet. Ich wusste nicht einmal, warum sie mich überhaupt in diesem Zentrum untergebracht haben. Einfach nur so untätig warten zu müssen, das war schlimm.«

»Es war auch für mich hart, Mama…«

»Ich weiß, Sophie, du hast ja viel mehr durchmachen müssen und es ist sicher lächerlich, dich mit meinen kleinen Sorgen zu behelligen und es tut mir ja auch so leid, dass ich dir nicht helfen konnte.«

Das Lächeln der Mutter zittert, ihr Blick fängt an zu schwimmen.

Nein, nicht schon wieder so, denkt Sophie. Die Mutter ist den Tränen nahe.

»Es tut mir wirklich so leid, Sophie, aber ich war … ich war …«

Hilflos, denkt Sophie.

»Ich war so hilflos.«

Ja Mama, das bist du immer.

Die Hände der Mutter verkrampfen sich unter dem Tisch und ihr versagt die Stimme. Sophie steht auf, tritt hinter ihre Mutter und nimmt sie schweigend in die

Arme.

Immer bin ich es, die trösten muss, denkt sie bitter, immer soll ich die Starke sein.

18

Wir sollten nach Berlin fahren«, sagt Erik, während die drei abends eine Dose Ravioli auf dem Gaskocher warm machen. »Vorhin haben sie auf Radio Berlin aufgezählt, wen sie alles brauchen. Handwerker stehen nach Medizinern ganz oben auf der Liste. Als Elektriker könnte ich mich nützlich machen. Anstatt hier nur herumzusitzen und abzuwarten. Und ob meine Ex und mein Sohn noch leben, kann ich auch nur in Berlin erfahren.«

»Ja klar, gute Idee«, sagt Andrej, »zum Bahnhof geht's die dritte Straße links runter und dann noch einmal rechts abbiegen…«

»Ich weiß, wo der Bahnhof ist, ich bin mit dem Zug gekommen. Ich würde auch gern den erstbesten nehmen, um von hier zu verschwinden. Denn irgendwann gehen uns die Konserven und das Gas aus. Wer weiß, wie lange in den Nachbarhäusern noch was zu holen ist. Sollen wir uns dann nur noch von Whisky ernähren?«

»Noch eine gute Idee, das probiere ich aus.«

»Hör auf mit dem Quatsch und lass uns ernsthaft darüber reden, Andrej.«

»Du hast gut reden, du bist nicht von hier. Aber meine Eltern haben hier einen Hof aufgebaut. Und so wie es aussieht, bin ich jetzt der einzige, der den Laden noch am Laufen halten kann. Verdammt, bevor dieser ganze Scheiß losging, haben wir die Maisaussaat vorbereitet! Der Mais müsste nächsten Monat in den Boden. Wenn du Recht hast und in Berlin noch eine Regierung sitzt, die die Lage in den Griff bekommt, bin ich der Erste, der das begrüßt. Denn wenn ich die nächsten

Wochen hier weiter festsitze, ist beim Mais das Jahr verloren. An das Getreide wage ich noch gar nicht zu denken.«

»Ich verstehe dich nicht.« Erik schüttelt den Kopf. »Du wirst doch nicht ernsthaft erwarten, dass die Zombies draußen sich einfach so verziehen? Oder dass irgendwann ein staatliches Aufräumkommando eintrifft und sie für dich aus dem Weg räumt? Nein, mein Lieber, mir müssen uns mit denen, die noch übrig sind, zusammenschließen, sonst hat keiner von uns eine Chance.«

»Und wie stellst du dir das konkret vor?«

»Du hast doch von deinem Wagen erzählt, einem Passat Kombi, wenn ich mich recht erinnere.«

»Und weiter?«

»Was weiter? Mit dem Wagen schaffen wir es doch wohl nach Berlin, das sind doch nicht mal zweihundert Kilometer!«

»Die Entfernung dürfte nicht das Problem sein«, sagt Andrej und rührt nachdenklich im Kochtopf herum, »aber wer weiß, wie viele Zombies sich auf der Strecke herumtreiben. Jeden Tag verlaufen sich bis zu zehn neue in unseren Ort, und das in einem der ödesten Käffer Niedersachsens! Die Zombiedichte um Berlin dürfte recht hoch sein. Und ein Passat ist kein Panzer.«

»Mag sein, aber in Berlin gibt es auch Hilfe, Andrej. Ich will wieder unter Menschen sein, verdammt!«

»Du übersiehst da noch eine Kleinigkeit«, sagt Andrej, »der Tank meines Wagens ist fast leer. Wir kommen damit keine zwanzig Kilometer weit.«

»Da wüsste ich vielleicht was«, sagt Erik und schaufelt eine Portion Ravioli auf Tims Teller.

»Erinnere dich mal, wie das losging«, sagt Erik, »sobald die ersten Untoten hier auftauchten, war auch ganz schnell der Strom weg. Damit wurden auch die Zapfsäulen an der Tankstelle lahmgelegt, denn deren Pumpen funktionieren nur elektrisch. Ich habe die Anlage mal reparieren müssen, ich weiß, wo der Domschacht liegt.«

»Was ist ein Domschacht?« fragt Tim, der das Gespräch der beiden Männer aufmerksam verfolgt hat.

»So nennt man den Zugang zum Tank. Der liegt rund einen Meter unter der Erde, und über den Domschacht sind Leitungen, Pumpen und die Elektrik angeschlossen. Die Leitungen sind alle fest verbaut und man kann den Tank nur mit großem Aufwand öffnen. Aber am Deckel gibt es auch ein Rohr zur Inspektion, über das können wir einen Schlauch einführen.«

»Haben wir eine Pumpe?« will Andrej wissen.

»Ja, im Keller habe ich eine Umfüllpumpe gefunden. Sie ist klein und wird wie eine Luftpumpe per Hand betrieben, aber wir wollen ja auch nur deinen Tank füllen und nicht die ganze Tankstelle leeren.«

»Darf ich auch damit pumpen?« fragt Tim und seine Augen leuchten.

Erik schüttelt den Kopf.

»Ein anderes Mal vielleicht. Dieses Mal wird es für dich sicherer, wenn du im Wagen bleibst.«

»Okay, das Benzinproblem könnten wir lösen«, sagt Andrej und starrt angestrengt auf seinen Teller, »mit vollem Tank könnten wir zur Not auch wieder umkehren, falls es vor Berlin zu gefährlich wird.«

»Dann bist du einverstanden?«

»Nicht so schnell, ich habe noch nicht zugesagt! Aber gut, ich lasse mir das Ganze mal durch den Kopf gehen.«

19

Der Verteidigungsminister steht am Fenster seines Büros, sein Blick folgt den dunklen Rauchschwaden, die ein träger Wind Richtung Osten bläst.

»Wissen Sie, was da brennt, Merger?«

»Nein, ich habe keine Ahnung.«

»Es ist eines der drei letzten Umspannwerke, die wir noch hatten.«

»Tut mir leid, das zu hören.«

»Ja, mir auch. Und wissen Sie, wer für die Überwachung der Anlage zuständig gewesen wäre?«

Merger setzt eine entspannte Miene auf und schaut in die Ferne. Er weiß, was kommt.

»Es wären die Männer gewesen, die Sie für Ihr Hannover-Fiasko eingesetzt haben!«

»Ein Einsatz, der mit Ihnen abgestimmt war.«

Der Minister dreht sich zu Merger um und in seinen müden Augen leuchtet für einen Moment Ärger auf.

»Sie haben auf gewisse Weise Glück im Unglück, wissen Sie das? Ihr Hubschrauber war nicht der einzige Verlust heute. Der Bundesminister für Landwirtschaft ist vor drei Stunden abgestürzt. Er war ebenfalls in einem Sikorsky unterwegs.«

Merger und der Minister sehen sich schweigend an und Merger versucht vergeblich, sich den Namen des Landwirtschaftsministers ins Gedächtnis zu rufen. Wozu, zum Teufel, brauchte man so jemanden jetzt überhaupt noch?

»Ihr Versagen in Hannover tritt im Vergleich zu diesem zweiten Absturz etwas in den Hintergrund und Fragen nach dem Exploser-Zentrum werde ich fürs Erste abblocken können. Aber wir müssen vorsichtig sein, dass Ihr Patient keine Aufmerksamkeit erregt.«

»Ich habe ihn in der JVA Moabit unterbringen lassen«, sagt Merger, »das ist keine tausend Meter von uns entfernt, aber doch weit genug weg, um nicht aufzufallen.«

»Ach, das Gefängnis ist noch in Betrieb?«

»Aber natürlich, es ist schließlich das einzige, das wir noch haben! Von den tausend Haftplätzen ist zur Zeit nur ein Viertel belegt. Wir konnten unseren Patienten und das medizinische Personal also schön isoliert unterbringen.«

Der Minister nickt und geht in seinem Büro langsam auf und ab.

»Sie sprachen heute Morgen davon, die zweite Patientin, ein junges Mädchen, sei mit ihrer Mutter geflohen.«

»Ja.«

»Mehr können Sie dazu nicht sagen?«

»Nein.«

»Verdammt, Merger!«

»Momentan wissen wir nichts. Vielleicht halten sie sich versteckt. Vielleicht sind sie auch schon tot. Ich habe keine Kapazitäten, sie suchen zu lassen.«

»Verstehe.«

»Sollten die beiden dank der Kräfte des Mädchens überleben, werden wir sie über kurz oder lang sicher wiederfinden. Denn wo sollen sie schon hin, wenn nicht in eine der geschützten Zonen?«

»Ja, wo sollen sie schon hin …«

Der Minister nimmt seine Kaffeetasse vom Schreibtisch und dreht sie langsam in der Hand.

»Die Welt ist verdammt klein geworden, was?«

20

Unruhig hüpft Tim von einem Bein aufs andere. Die Zeit fühlt sich sehr lang an, seit Erik und Andrej zum Hof von Andrejs Eltern aufgebrochen sind, um das Auto zu holen. Weder hat Tim eine Uhr, noch ist er sonderlich geduldig. Er steht in Eriks altem Kinderzimmer am Fenster und blickt nach rechts die Straße hinauf. Aus dieser Richtung muss der Wagen kommen, wenn es die beiden bis zum Hof geschafft haben. In der Zeit, in der Tim wartet, hat er bereits drei der Dinger die Straße entlang schlurfen sehen. Eigentlich sind sie gar nicht so unheimlich, denkt sich Tim – jedenfalls nicht aus sicherer Entfernung, wenn man im ersten Stock eines Hauses hinter einer Gardine versteckt steht. Von oben sehen die Dinger harmlos aus, wie sie unbeholfen die Straße heraufkommen, orientierungslos mal nach rechts, mal nach links pendeln und dabei den Kopf wiegen als seien ihre Ohren Antennen, die sie permanent neu ausrichten müssten. Schon eine kleine Bewegung oder ein leises Geräusch genügen, um ihre Aufmerksamkeit zu erregen. Für einen Moment steuern sie dann konzentriert und auf kürzester Strecke ihr Ziel an. Ist die Quelle dann aber nur ein Vogel, der vom Zaun aufflattert oder ein streunender Hund, der instinktiv Abstand zu den Dingern hält, dann fallen diese schlagartig in Apathie zurück.

Tim hält es kaum noch aus hinter der Gardine. Seit Ewigkeiten ist niemand mehr auf der Straße zu sehen gewesen, er könnte sicher gefahrlos vor die Tür treten und so einen besseren Blick in Richtung Bauernhof riskieren. Aber da ist noch Eriks Stimme in seinem Kopf.

»Du bleibst im Haus und wartest, versprichst du mir das?« hatte er ausdrücklich gefragt und Tim hatte widerstrebend zugesagt, auf jeden Fall auszuharren, selbst wenn er den ganzen Tag warten müsste. Wenn Tim überhaupt jemandem trauen kann, dann am ehesten Erik. Er will ihn nicht enttäuschen, aber…

Während Tim mit sich ringt, wird draußen ein Brummen lauter, eindeutig kommt ein Fahrzeug die Straße herauf. Dann sieht er den dunkelblauen, von einem grauen Staubschleier bedeckten Passat vor dem Haus halten.

Tim rennt aus dem Zimmer, runter ins Erdgeschoss, als Erik auch schon die Tür aufschließt.

»Na Kumpel, hier alles in Ordnung?« Er sieht erleichtert aus.

»Nichts passiert, ich habe gewartet wie vereinbart.«

»Das war gut, Kleiner. Jetzt hilf mir schnell mit dem Gepäck, wir müssen uns beeilen!«

Erik greift sich zwei der Pappkisten aus dem kleinen Stapel Gepäckstücke, die sie am Vorabend gepackt haben und Tim schleppt einen der Koffer hinterher. Draußen öffnet Andrej schon die Heckklappe des Kombis, dessen Motor leise im Leerlauf tuckert, und hält nervös Ausschau.

»Wir haben mit etwas Glück zwei Minuten«, ruft er und rennt dann selbst zum Haus hoch um Gepäck zu holen.

»Steig du schon mal ein«, sagt Erik zu Tim und öffnet ihm die Tür zur hinteren Sitzbank. Der Junge nimmt hinter dem Fahrersitz Platz. Erik schlägt die Tür zu, sagt noch »Gleich verriegeln!« und ist wieder Richtung Haus verschwunden. Tim reckt den Kopf nach vorn und erkennt über das Lenkrad hinweg zwei der Dinger gut zehn bis zwanzig Meter entfernt auf der Straße. Erik und

Andrej kommen in schnellen Schritten mit den letzten Koffern und schieben sie ins Heck des Wagens. Dann greifen sie sich jeder einen der mit Nägeln gespickten Baseballschläger und steigen vorne in den Wagen.

»Sieh an, wir bekommen Gesellschaft.«

Andrej deutet auf die beiden Untoten, die bis auf acht Meter herangekommen sind.

»Egal, wir sind ja fertig«, sagt Erik und legt den Sicherheitsgurt an. »Schnall dich auch an«, sagt er zu Tim.

In diesem Moment merkt Tim, wer fehlt.

»Oskar ist noch im Haus!« schreit er so laut, dass beide Männer auf den Vordersitzen zusammenzucken. Er entriegelt die Seitentür und springt aus dem Wagen.

»Ich hole ihn schnell!«

»Verdammte Scheiße«, ruft Andrej, »bleibst du wohl im Wagen!«

Aber Tim ist schon die Stufen zum Haus hoch gesprungen und zerrt an der Tür.

»Das wird nichts, ich hab abgeschlossen«, sagt Erik, zögert einen Augenblick und steigt dann ebenfalls, den Baseballschläger in der Hand, aus dem Wagen. »Fahr nicht ohne uns!«, droht er in Andrejs Richtung und rennt zu Tim an die Haustür.

Die beiden Untoten auf der Straße sind bis auf eine Autolänge herangekommen. Aus der anderen Richtung und über die Wiese des Nachbarhauses sieht Andrej weitere Gestalten kommen.

»Dieses verdammte Kind bringt uns um!«, ruft Andrej Erik hinterher und steigt schließlich selbst fluchend aus dem Auto. Er geht den beiden Zombies, die es bereits bis an die Motorhaube des Passat geschafft haben, entgegen.

»Weg von meinem Wagen!« brüllt Andrej und schlägt einem Zombie im Anzug, dem eine zerrissene blaue Krawatte um den Hals flattert, die Nägel des Baseballschlägers frontal auf den Kopf. Durch die Wucht bricht die Waffe bis zur Nasenwurzel durch, Blut und Hirnmasse spritzen über die Motorhaube. Mit einem Ruck zieht Andrej den Schläger an sich und der Zombie fällt nach vorn auf den Wagen.

Das zweite Exemplar ist eine Frau in zerfetzter blauer Jeans, dazu trägt sie ein ehemals gelbes T-Shirt und braune Stofffetzen, die an die Reste einer Strickjacke erinnern. Ihr Gesicht ist kaum zu erkennen, es liegt fast vollständig hinter langen verklebten Haaren verborgen. Andrejs Waffe trifft seitlich ihren Kopf, der mit hörbarem Knacken auf ihre Schulter kippt. Sie sinkt vor dem Passat zu Boden und bleibt regungslos liegen.

Mit dem Fuß stößt Andrej den ersten Toten von der Motorhaube – »Weg von meinem Wagen, habe ich gesagt!« – und blickt sich um. »Okay, wer ist der nächste?«

»Also gut, wo ist Oskar?«

Erik hat die Haustür aufgeschlossen und stürzt mit Tim in den Flur.

»Er liegt in Deinem Zimmer auf dem Bett«, sagt Tim und schiebt zögernd ein »glaube ich...« hinterher. Erik rennt an ihm vorbei in langen Schritten die Treppe ins Obergeschoss hoch. Tim ist noch nicht auf der obersten Stufe angekommen, als er Erik schon »Hab ihn!« rufen hört. Er kommt eilig aus dem Zimmer, schwenkt Oskar wie eine Trophäe über dem Kopf und drückt ihn dann Tim in den Arm.

»Zurück zum Auto, zack zack!«

Vor der Haus schlägt Andrej auf einen Zombie ein, der bereits am Boden liegt, aber Andrejs linkes Bein fest umklammert hält. Erik nimmt Anlauf und tritt dem Untoten gegen den Kopf, als wolle er einen Fußball abschießen. Der Getroffene wird zur Seite geschleudert und landet mit dem Oberkörper unter dem Auto.

Erik reißt die hintere Tür auf, als Tim mit Oskar im Arm den Wagen erreicht.

»Alles rein in den Wagen, aber jetzt endgültig!«

Andrej und Erik haben kaum auf den Vordersitzen Platz genommen, als die nächsten drei Untoten gegen die Heckklappe des Kombis schlagen.

Andrej legt den ersten Gang rein, gibt Gas, und mit einem Ruck holpert der Wagen über die Körper hinweg, die vor ihm auf der Straße liegen. Ein Blick in den Rückspiegel zeigt, dass sich keiner ihrer Verfolger an der Rückseite festhalten konnte.

»Das war knapp«, sagt Andrej und schnauft, »ich hoffe, ich fahre einen ausreichenden Vorsprung bis zur Tankstelle raus.«

»Die ist weit genug weg. Wenn sie den Motor nicht mehr hören können, folgen sie uns auch nicht mehr«, sagt Erik und hofft, dass er Recht behält.

Als die Tankstelle in Sicht kommt, bremst Andrej den Passat auf Schritttempo herunter. Sie sehen an beiden Zapfsäulen der kleinen Station Autos mit offenen Türen stehen. Neben den Wagen liegen Leichen.

»Du nimmst ernsthaft an, dass da noch was zu holen ist?«, fragt Andrej skeptisch.

Erik dirigiert Andrej auf den kleinen Parkplatz neben dem Flachbau, in dem Werkstatt und Verkaufsraum liegen. Sie biegen langsam auf das Grundstück ein und kommen vor einer Platte zum Stehen, die nur aus nächster Nähe zu erkennen ist, weil der Wind Sand und Dreck über das matte Metall geblasen hat.

Erik blickt aus dem Fenster und sagt: »Der Deckel scheint unberührt, da war bestimmt noch keiner vor uns dran.«

»Na dann los«, sagt Andrej, »worauf wartest du noch?«

»Da ist noch eine Sache. Wir brauchen einen speziellen Schraubenschlüssel. Der liegt in dem kleinen Büro hinter der Kasse. Jedenfalls lag er da, als ich das letzte Mal hier war. Wir müssen also in die Tankstelle rein.«

Andrej sieht ihn einen langen Moment schweigend an.

»Gibt es sonst noch Details, die du nicht erwähnt hast?«

»Nein, ich glaube nicht…«

»Also gut, dann nehmen wir unsere Baseballschläger mit und hoffen, dass uns auf der Suche nach deinem verdammten Schraubenschlüssel niemand über den Weg läuft.«

Erik dreht sich zu Tim auf dem Rücksitz um.

»Du bleibst mit Oskar im Wagen und drückst die Verriegelung runter, sobald wir ausgestiegen sind. Bleib absolut still und entsichere die Türen erst, wenn wir wieder da sind, okay?«

Tim nickt stumm und drückt sich Oskar eng an die Brust.

Sie steigen aus dem Passat und schließen die Türen so leise wie möglich. Zum Tankstellenshop sind es zehn, zwölf Meter um das Gebäude herum. Als sie sich dem Eingang nähern, werfen sie einen Blick auf die Leichen an den beiden Autos.

»So wie die riechen, stehen die nicht mehr auf«, sagt Andrej.

Der Verkaufsraum ist aufgebrochen, die Glastür hängt zersplittert und schief in den Angeln. Erik zieht sie vorsichtig nach außen auf und horcht in den Raum hinein. Aus Richtung der Kasse hört er ein leises beständiges Kratzen und deutet wortlos mit dem Baseballschläger hinüber. Andrej nickt, er hat das Geräusch auch gehört.

Sie betreten vorsichtig den Verkaufsraum, dessen Regale mit Snacks und Süßigkeiten weitgehend geplündert sind. Aufgerissene Verpackungen und Aufsteller liegen im Gang und verstellen den Weg zur Kasse. Sie steigen über Zeitungsständer und verstreutes Spielzeug und arbeiten sich geräuschlos zum Verkaufstresen vor.

Hinter dem gläsernen, hüfthohen Tresen erkennt Erik einen Mann, der auf dem Bauch liegt und hilflos mit einem Arm rudert. Seine linke Seite ist unter einem umgestürzten schweren Metallregal eingeklemmt, weshalb er sich nicht aufrichten kann. Immer wieder kratzt sein rechter Arm mechanisch über den Boden. Er scheint diese Bewegung schon unzählige Male ausgeführt zu haben, denn seine Fingerkuppen sind aufgeplatzt und haben dunkle, feucht schimmernde Schleifspuren hinterlassen.

Erik und Andrej gehen im sicheren Abstand vor dem Mann auf die Knie. Er bemerkt die beiden und scheint sprechen zu wollen, bekommt aber nur ein unverständliches Zischen und Gurgeln zustande. Er starrt sie mit blutroten Augen an, in denen Erik neben Wut auch Verzweiflung zu sehen meint.

»Das war der Pächter«, sagt er leise.

»Ich übernehme das«, sagt Andrej, »such du das Werkzeug für den Tankverschluss.«

Erik nickt, richtet sich auf und steht schon direkt vor der Tür des Büros, das hinter dem Verkaufstresen liegt. Die Tür ist nicht verschlossen, der Raum dahinter ist zu seiner Überraschung völlig unberührt. Das kleine fensterlose Büro ist mit einem Schreibtisch in der Mitte und zwei Regalen rechts und links zugestellt. Erik lässt sich in den Bürostuhl fallen und betrachtet den aufgeräumten Arbeitsplatz. Notizblock, Telefon, ein Eingangskorb für die Post neben einem zugeklappten Laptop – alles ist sauber und ordentlich zueinander ausgerichtet, als ob der Besitzer dieses Büros gerade eben alles mit dem Staubtuch abgewischt hätte. Für einen Moment ist Erik versucht, einfach still sitzen zu bleiben und zu genießen, wie stark sich der kleine Raum vom Chaos außerhalb unterscheidet. Doch dumpfe Schläge aus dem Verkaufsraum holen ihn in die Wirklichkeit zurück.

Erik durchsucht den Schreibtisch und findet in der unteren rechten Schublade drei Schraubenschlüssel. Er erinnert sich nicht mehr, welcher das Rohr zum Tank öffnet. Egal, er nimmt alle drei an sich und verlässt das Büro.

»Bingo« sagt Andrej und grinst schwach, als Erik die drei Werkzeuge hochhält.

Erik dreht mühsam den Verschluss des Tankrohres auf, während Andrej zwei lange Stücke Gartenschlauch auf die kleine Umfüllpumpe steckt, die sie im Keller ihres Hauses gefunden haben. Das kurze Ende des Schlauchs schiebt Andrej in den Tank seines Passats, das längere lässt Erik in das Rohr der Anlage hinab. Sie haben großzügige Stücke zurechtgeschnitten, denn der unterirdische Lagertank ist gut zwei Meter hoch.

Erik nickt Andrej zu und dieser bedient den Kolben der Pumpe. Es vergeht einige Zeit, bis sie ein leichtes Plätschern aus dem Tankstutzen des Passats hören.

»Fühlt sich an, als ob ich einen Fahrradschlauch aufpumpe. Was leistet dieses Ding eigentlich?«, fragt Andrej.

»Könnten drei Liter pro Minute sein«, schätzt Erik und hört Andrej leise fluchen. Er stützt sich mit den Ellenbogen auf dem Autodach ab und sucht mit dem Fernglas die Gegend nach verdächtigen Bewegungen ab.

»Ich fürchte, wir bekommen Besuch«, sagt Erik, »die Straße runter haben uns zwei gesehen. Die sind leider beide von der schnellen Sorte.«

Andrej verrenkt sich den Kopf, hört aber nicht auf zu pumpen.

»Mit zweien werden wir fertig. Wäre nur dumm, wenn es mehr werden.«

Die Zombies, die auf sie zu rennen, scheinen Kollegen gewesen zu sein. Beide tragen die gleichen blauen Arbeitshosen und T-Shirts, die einmal weiß waren. Jetzt sind sie rissig und schwarz von getrocknetem Blut. Der größere der beiden hat zahlreiche Verletzungen erlitten, am linken Oberarm liegt sogar ein Stück des Knochens frei. Das hindert den Untoten aber nicht daran, mit ausgestreckten Armen den Wagen anzusteuern.

Erik hebt seinen Schläger in Bereitschaft, Andrej wechselt von der Pumpe zur Waffe, und Augenblicke später sind die beiden Angreifer in Schlagweite. Während der Größere schnurgerade auf Erik zusteuert und dieser nur gezielt den Schädel treffen muss, weicht der Kleinere Andrejs Schlag geschickt aus. Er duckt sich und springt Andrej von unten an. Beide stürzen zu

Boden und Andrej spürt die Hände des Zombies an seinem Hals. Er liegt auf dem Rücken, der Angreifer hockt auf seinem Bauch. Seine Hände drücken überraschend stark zu, gleichzeitig kommt sein Kopf bedrohlich nahe, er schnappt nach Andrejs Gesicht. Andrej schiebt ihm den Holzstiel seiner Waffe zwischen die Zähne und versucht, den Kopf von sich zu drücken. In dem Moment ist Erik von hinten herangekommen und zertrümmert mit einem sicheren Schlag den Schädels des Zombies. Blut spritzt Andrej ins Gesicht, er rollt fluchend den Körper von sich und steht schwankend auf.

Erik ist jetzt an der Pumpe und sieht sich bei der Arbeit hektisch um. Aus drei Richtungen kommen sechs, sieben schwankende Gestalten auf das Auto zu. Offenbar sind es nur langsame Untote, so bleibt noch etwas Zeit.

»So eine Scheiße!« Andrej schüttelt sich Blut und Klümpchen von Hirnmasse aus den Haaren. »Zu was für einem Blödsinn habe ich mich bloß überreden lassen? Wenn mal drei oder mehr dieser Sprinter auf uns zukommen, sind wir geliefert!«

»Pass lieber erstmal auf die Langsamen auf oder löse mich an der Pumpe ab«, sagt Erik.

»Ich scheiß auf die Pumpe, ich will die verdammten Biester sterben sehen!«

Andrej blickt um sich und wendet sich dann mit großen Schritten nach links in Richtung Tankstelle. Die drei Untoten, die dort gerade um die Rückseite des Gebäudes taumeln, sind am dichtesten am Auto dran. Mit heftigen Schlägen geht Andrej gegen die Angreifer vor und schleudert sie gegen die Wand, an der sie herabrutschen und blutige Spuren hinterlassen. Zwei der Zombies hat er nicht am Kopf erwischt, sie kriechen auf ihn zu.

»Ihr habt noch nicht genug, was?«

Andrej schreit sie an. Er lässt seine Wut an den Geschöpfen aus, denen er ungezielt auf die Rücken prügelt.

»Steht auf, ihr verdammten Kadaver! Zeigt endlich mal, was ihr drauf habt!«

»Was schreist du so rum, was ist los mit dir?«, ruft Erik. »Willst du immer mehr von den Dingern anlocken?«

Andrej wirbelt zu ihm herum und für einen Augenblick kann Erik die blanke Wut in seinen Augen sehen. Andrej setzt zu einer Antwort an, bricht dann aber ab. Er zeigt stattdessen auf den Tank des Kombis.

»Willst du den verfluchten Parkplatz unter Benzin setzen, oder was?«

Der Tank ist inzwischen so voll, dass er überläuft und ein kleiner Rinnsal Treibstoff an der Karosserie hinab läuft.

Erik hat sich ablenken lassen, zieht jetzt wütend mit Schwung die Schlauchenden aus der Tanköffnung und dem unterirdischen Speicher.

»Pack die Pumpe in den Wagen«, sagt er zu Andrej, »ich verschließe den Schacht. Vielleicht können wir den Rest ja irgendwann noch gebrauchen.«

Als die beiden endlich in den Wagen steigen, berühren schon drei Zombies die Motorhaube des Passats. Andrej lässt den Motor aufheulen, legt den ersten Gang ein und überfährt den mittleren der Untoten, während die beiden anderen zu den Seiten weggeschleudert werden.

»Berlin, wir kommen«, murmelt Andrej und hat sich wieder voll im Griff.

21

E s ist Mittag, als Sophie vor dem Wohnzimmerfenster auf und ab geht und in den Garten hinaus starrt. Sie sind seit sechsunddreißig Stunden im Haus und Sophie kann sich nicht entscheiden. Sollen sie bleiben oder fahren? Die Bedrohung durch Untote wird nicht kleiner und Merger ist ihnen womöglich schon dicht auf den Fersen.

Was hält dich In diesem Haus? Lass dich nicht von der friedlichen Stimmung einschläfern, du musst in Bewegung bleiben! Nur unter Menschen seid ihr sicher!

Sophie spürt, das sich auch wieder das unangenehme Ziehen im Unterleib meldet – das letzte, was sie jetzt noch gebrauchen kann!

»Mama? Ich geh nach oben und nehme noch ein Bad, bevor wir losfahren.«

»Ja Liebes, mach das. Ich werde versuchen, noch ein bisschen zu schlafen. Meinst du, das ist okay?«

»Aber klar, sicher.«

Soll sie ruhig schlafen, nachdem sie die Küche aufgeräumt und das Geschirr gespült hat – für wen auch immer.

»Wir sind hier nur zu Gast«, hat sie auf den verwunderten Blick der Tochter geantwortet, »und sollten das Haus hinterlassen, wie wir es vorgefunden haben.«

Jetzt sitzt die Mutter in dem riesigen Fernsehsessel, der mitten im Wohnzimmer steht und auf einen großen Flachbildschirm ausgerichtet ist. Gestern Abend haben sie ihn eingeschaltet, aber auf keinem Kanal einen Sender empfangen können.

Sophie geht ins Bad, dreht den Wasserhahn der Badewanne auf und ist erleichtert, dass immer noch heißes Wasser fließt. Ein schönes warmes Schaumbad wird den Unterleibsschmerzen vorbeugen, hofft Sophie. Während sich die Wanne füllt, stöbert sie durch Regale und Medizinschrank. Drei verschiedene Sorten Schmerztabletten, dazu Schlaftabletten, Kohletabletten, Pflaster und eine Hautsalbe – sie wird nachher alles einpacken, beschließt Sophie. Neben einem Verbandspäckchen und Kosmetiktüchern findet sich auch eine Schachtel Slipeinlagen.

Die darfst du nicht vergessen!

Erleichtert gleitet sie ins heiße Bad. Wenn man doch bloß die Badewanne mitnehmen könnte.

Die hinteren Autotüren lassen sich kaum schließen, so viel Gepäck haben Mutter und Tochter auf den Rücksitzen verstaut.

»Schade, dass wir nicht noch ein bisschen bleiben können«, sagt die Mutter und setzt ihren traurigen Blick auf, über den Sophie routiniert hinweg sieht, »das ist so ein schönes Haus!«

»Merk dir die Adresse für bessere Tage«, sagt Sophie und öffnet das Garagentor.

Die Mutter seufzt, steigt in den Audi und lässt ihn langsam in die Ausfahrt rollen, während Sophie hinter ihr die Garage sorgsam abschließt. Dann fahren sie auf eine totenstille Straße hinaus. Die untergehende Sonne taucht das Dorf in rotes kaltes Licht.

Sophies Sinne fliegen dem Wagen voraus, während die Mutter in einen langen Monolog über das Haus, seine wunderbaren Vorräte und das Essen an sich verfällt.

Lass sie reden, das ist gut für ihre Nerven, achte du aber auf die Straße.

Die Nacht bricht herein, der Himmel ist klar und voller Sterne. Der Mond ist noch fast voll, die Sicht gut und die Scheinwerfer des Audi können dunkel bleiben.

Über die Felder ziehen träge Schatten. Untote ohne Ziel, zu weit weg, um Mutter und Tochter gefährlich zu werden.

»Hast du das Schild links gesehen?«, fragt die Mutter, »nach Berlin sind es nur noch vierzig Kilometer!«

»Ich weiß«, sagt Sophie, »mit etwas Glück schaffen wir es bis zum Sonnenaufgang.«

Zur Abwechslung schweigt die Mutter und sie fahren eine ganze Weile in Ruhe die Landstraße entlang. Je näher sie ihrem Ziel kommen, umso häufiger stoßen sie auf liegengebliebene Wagen, die sie vorsichtig passieren. Vereinzelt sind Fahrzeuge von der Straße abgekommen, haben tiefe Spuren in die umliegenden Äcker gerissen und stehen mit offenen Türen auf den Feldern. Manchmal liegen Körper neben den Wagen, manchmal nur Gepäckstücke, die wie von Krähen zerpflückt scheinen. Die Mutter umfährt die Hindernisse in größtmöglichem Abstand, bis sie auf einen Unfall stoßen, der die Straße in ganzer Breite einnimmt. Die Mutter stoppt den Audi und sie blicken ratlos auf die große Zahl Autoteile und Gepäck, die über zwanzig, dreißig Meter weit verstreut liegen, während sich dahinter ineinander verkeilte Autos auftürmen.

Wieso hast du die Wracks nicht früher gesehen? Wir hätten irgendwo abbiegen können, wärst du nicht unachtsam gewesen!

»Ich steige aus und räume eine Gasse frei«, sagt Sophie, »fahr einfach im Schritttempo hinter mir her.«

Ohne auf eine Antwort zu warten, steigt sie aus und geht langsam voraus.

Glasscherben und ölige Pfützen schimmern im Mondlicht, es riecht nach ausgelaufenem Benzin und verbranntem Plastik.

Sophie greift sich Koffer und Taschen, wirft sie in Richtung Straßengraben, hebt vorsichtig zersplitterte Scheinwerfer in die Höhe und zieht Stoßstangen zur Seite. Hinter ihr tuckert leise der Audi, dem sie einen Weg durch den Schrott bahnt.

Als Sophie die ineinander verbissenen Autos erreicht, klettert sie über den Kofferraum auf das Dach eines Mercedes, um den Unfall zu überblicken. Sieben, vielleicht acht Autos glaubt Sophie zählen zu können. Die mittleren Autos sind zu stark beschädigt, als dass man sie in der Dunkelheit in all dem deformierten Metall identifizieren könnte. Deutlich heraus ragt nur ein langer Lastwagen am Anfang der Fahrzeugkette, der von der Straße abgekommen und rechts gegen einen Baum geprallt ist. Er liegt halb umgestürzt schräg auf der rechten Fahrbahnhälfte. Die nachfolgenden Wagen sind wahrscheinlich auf den LKW aufgefahren, vermutet Sophie.

Sie ist beunruhigt, weil sie die Unfallstelle nicht vorausgesehen hat. Dabei muss sich die Karambolage, gemessen am Zustand der Wracks, schon vor Tagen ereignet haben. Sophie hört in sich hinein, sucht nach ihrer Stärke.

Konzentrier dich, schieb den Schrott einfach zur Seite!

Doch anstatt die vertraute Wärme zu spüren, zittert Sophie vor Kälte, als der Nachtwind durch ihre Kleidung bläst.

Etwas stimmt nicht.

Etwas fühlt sich falsch an.

Sie springt vom Dach des Mercedes, läuft zum Audi zurück und klopft an die Scheibe der Fahrerseite.

»Wir schaffen es vielleicht an dem Unfall vorbei«, sagt Sophie, »aber wir müssen die linke Straßenseite frei bekommen. Vielleicht kannst du mit dem Wagen die hinteren Wracks zur Seite schieben ...«

Das Gesicht der Mutter ist ein großes Fragezeichen. »Zur Seite schieben? Schatz, das ist ein Audi und kein Abschleppwagen. Wie soll ich das denn machen?«

»Wenn du schräg von rechts an den hinteren Teil des Mercedes heran fährst«, – Sophie zeichnet mit den Händen einen weiten Bogen durch die Luft – »dann könntest du ihn nach links von der Straße drücken.«

Die Mutter schaut noch zweifelnd auf den Unfall vor ihr, da steht Sophie schon vor der Motorhaube und rudert mit den Armen, als müsse sie ein Flugzeug auf der Rollbahn einweisen.

Skeptisch fügt sich die Mutter und fährt dicht an die Seite des Mercedes heran.

»Und was jetzt?«

»Jetzt stößt du gegen den Kofferraum und schiebst ihn nach links von der Fahrbahn.«

»Aber das verbeult meinem Auto doch die ganze Front!«

»Jetzt stell dich nicht so an, Mama! Sollen wir hier stecken bleiben, nur damit der Lack keinen Kratzer kriegt?«

Widerstrebend gibt die Mutter Gas, Metall knirscht auf Metall, der Mercedes quietscht und knackt und ruckelt Zentimeter für Zentimeter vorwärts.

»Sophie!« Die Mutter starrt mit weit aufgerissenen Augen in den Mercedes. »Sophie, da sitzen noch Menschen drin!«

Sophie wirbelt herum und senkt den Blick zu den Scheiben, die von Staub und schwarzen Schlieren überzogen sind. Im Inneren kann sie Bewegungen ausmachen. Der Fahrer ist offenbar eingeklemmt, das Armaturenbrett hat sich verzogen, das Lenkrad drückt ihn tief in seinen Sitz. Seine Hände tasten ziellos über die rissige Frontscheibe. Die Beifahrerin steckt ebenfalls fest und zurrt kraftlos an ihrem Sicherheitsgurt. In beider Augen erkennt Sophie den trüben rot unterlaufenen Blick der Untoten.

Langsam dreht sich Sophie zum Audi um.

»Die leben nicht mehr, Mama.«

»Ach, Kindchen …« Die Mutter hat den Motor abgewürgt. »Ich kann das nicht … kann nicht …«

»Verdammt, Mama, jetzt komm schon!«

Sophie tritt mit dem Fuß gegen den Mercedes, ballt die Hände zu Fäusten, verflucht die Unfähigkeit ihrer Mutter.

Wir sind so nah dran! Sind keine Stunde mehr von Berlin entfernt!

Sophie hebt beschwörend die Hände und setzt zum Sprechen an, als sie hinter sich schlurfende Schritte hört. Auf der rechten Straßenseite haben sich Untote an den Wracks entlang getastet und kommen auf Sophie zu. Zwei schwankende Gestalten erkennt sie im Dunkeln und obwohl diese leicht nach vorn gekrümmt torkeln, überragen sie Sophie deutlich. Ein dritter Körper kann nur auf allen Vieren kriechen und folgt den beiden anderen mit einigem Abstand.

Sophie sieht sich nach einer Waffe um, doch der Weg zur nächsten greifbaren Stoßstange wird ihr von den Zombies versperrt. Jetzt hat auch die Mutter die Gefahr erkannt und wimmert leise hinter dem Steuer ihres Wagens.

Die Angst und Hilflosigkeit ihrer Mutter macht Sophie erst recht zornig. Sie zittert, als eine Welle von Verzweiflung und Wut in ihr aufsteigt. Sophie spürt, wie in ihr ein Funke zündet, wie eine unkontrollierbare Entladung von Aggression und Verbitterung sich Bahn bricht.

Ihr Körper vibriert, die Luft knistert und kleine Blitze zucken über ihre Arme.

Sophie fängt an zu schreien, so gellend und schrill, dass die Mutter entsetzt den Kopf einzieht und sich die Hände auf die Ohren presst.

Sophies Körper erhebt sich einige Zentimeter weit über den Boden, schwebt umgeben von einer Hülle blendenden weißen Lichts, während ihr Schrei in ein alles durchdringendes Brüllen übergeht und eine Schockwelle kreisförmig alles um sie herum wegbläst.

Der Audi macht einen großen Satz nach hinten.

Die Wracks werden von der Straße gedrückt.

Metallteile schießen wie Geschosse in alle Richtungen.

Der Druck zerreißt die Untoten, ihre Körper platzen und spritzen Meter weit über die umliegenden Äcker.

Als der Lärm verklingt, hebt die Mutter benommen den Kopf und spürt, wie ihr das Blut an der Schläfe herunterläuft. Sie ist mit dem Kopf auf das Lenkrad geschlagen, als der Wagen abhob und einen Meter nach hinten sprang.

Das Fenster auf der Beifahrerseite ist geborsten und die Mutter schüttelt sich Glassplitter wie Schneeflocken aus den Haaren. In ihren Ohren schrillt ein lautes Pfeifen, das nicht leiser werden will. Sie tastet nach dem Türgriff, kann sich beim Aussteigen nur mühsam auf den Beinen halten und blickt zu ihrer Tochter hinüber.

Sophie kniet zusammengesunken auf der Fahrbahn, den Kopf so weit gesenkt, dass ihre schwarzen Haare in den Asphalt zu fließen scheinen. Ihr ganzer Körper wird durchgeschüttelt während sie hustet, spuckt, um Atem ringt und sich auf die Straße erbricht.

Die Mutter taumelt zu ihr hinüber und kniet neben Sophie nieder. Ihre Hände suchen Halt in der Luft, vergeblich ringt sie nach Worten. Dann schließt sie ihr Kind schweigend in die Arme.

22

Es ist schon dunkel geworden und Andrej passt es gar nicht, dass sie so spät noch unterwegs sind. Vor vier Wochen wäre eine Autofahrt nach Berlin nur eine Sache von zwei Stunden gewesen. Jetzt hat sie sich zu einer wahren Odyssee mit ständigen Richtungswechseln entwickelt. Mal ist die Straße durch einen Unfall verstopft, mal steht ihnen eine große Gruppe von Zombies gegenüber. Immer wieder müssen sie sich zurückziehen, große Bogen schlagen und neue Umwege über Landstraßen und Feldwege suchen.

Es kommt alles so, wie Andrej es befürchtet hat. Alles tausend gute Gründe, gar nicht erst loszufahren. Aber zum Umkehren ist es zu spät und Andrej bleibt nichts anderes übrig, als am Steuer seines Passats das Beste aus der Situation zu machen. Das wird nicht noch einmal passieren, nimmt er sich vor. Er wird sich nicht wieder von Erik überreden lassen, soviel ist sicher.

Erik hat sich zur Rückbank umgedreht.

»Tim schläft«, sagt er leise.

»Würde ich auch gern«, murmelt Andrej.

»Soll ich dich beim Fahren ablösen?«

»Kommt nicht in Frage! Werf lieber mal einen Blick auf die Karte und sag mir, wo wir sind.«

»So genau weiß ich das nicht, aber die Richtung stimmt«, sagt Erik und faltet mit der Rechten umständlich die Straßenkarte auseinander, während er mit der linken Hand die Taschenlampe hält, »wir fahren in etwa parallel zur B 2. In Kürze müssten wir Spandau erreichen, wenn diese −«

Eine Vollbremsung unterbricht Erik, er schlägt mit dem Kopf an die Scheibe. Auf der Rückbank schreckt Tim aus dem Schlaf.

»Verdammte Scheiße!«

Andrej starrt auf die Fahrbahn, auf der wie aus dem Nichts Untote aus dem Dunkel ins Scheinwerferlicht geraten sind. Sieben Gestalten kreuzen wenige Meter von ihnen entfernt die Straße. Als sie das Licht sehen und den Motor hören, wenden sie sich dem Wagen zu. Zwei der Zombies nehmen eine lauernde Haltung ein und fletschen die Zähne.

»Das hat uns gerade noch gefehlt – Sprinter!«, ruft Andrej, als die beiden in langen Sätzen frontal auf das Auto zugelaufen kommen und auf die Motorhaube springen.

Andrej gibt Gas und mit quietschenden Reifen schießt der Wagen vorwärts. Der linke Sprinter verliert die Balance und wird von der Motorhaube geschleudert. Er reißt einen anderen Zombie mit sich, dem Andrej gezielt in die Seite fährt. Beide verschwinden im Dunkeln, während auf der Straße immer neue Körper sichtbar werden.

Der rechte Sprinter klammert sich an den Scheibenwischern fest, er kreischt und schlägt in schnellem Rhythmus mit der Stirn auf das Glas, wo er dunkelrote Flecken hinterlässt und sich ein waagerechter Riss in der Scheibe bildet. Andrej flucht und dreht das Steuer hin und her, um den Zombie abzuschütteln. Der Wagen reißt Untote um, holpert über Körper hinweg und schlingert bedrohlich.

»Verdammt, Erik« schreit Andrej, »kurbel dein Fenster runter und zieh ihn von der Motorhaube!«

Erik starrt ihn entsetzt an.

»Ich soll was? Mein Gott, der bringt mich um!«

»Niemand wird hier umgebracht! Nicht in meinem verdammten Auto!« Andrej schlägt mit der Rechten wütend aufs Armaturenbrett. »Lass dich morgen alleine umbringen, aber heute überlebst du das, du Arschloch!«

Er drückt Erik seinen Hammer in die Hand.

»Jetzt zeig's ihm, verdammt, schlag ihm den Kopf ein!«

Mit zitternden Händen öffnet Erik das Seitenfenster und wird sofort vom Arm des Sprinters gepackt, der sich durch die Öffnung ziehen will. Auf der Rückbank schreit Tim laut los. Erst kriegt der Angreifer Eriks Jacke zu fassen, dann spürt Erik seinen überraschend starken Griff am Hals. Erik ringt nach Luft, dreht den Hammer in der Hand und schlägt mit dem geschlitzten Ende in den Arm des Sprinters.

Der Druck um den Hals lässt augenblicklich nach, die Hand rutscht zum Fensterrahmen ab. Der Sprinter faucht und versucht neuen Halt zu finden. Erik holt wieder aus und schlägt nach dem Kopf des Untoten, trifft aber nur seinen Hals. Bis zum Griff dringt der Hammer ein und das Fauchen am Fenster geht in ein Gurgeln über.

Der Zombie verliert seinen Halt und rutscht an der Seite des fahrenden Wagens ab. Weil ihm noch der Hammer im Hals steckt, wird Eriks Arm mitgerissen. Er schlägt mit dem Kopf an den Türrahmen, durch seine verdrehte Schulter zuckt ein reißender Schmerz.

»Verlier bloß nicht den Hammer«, schreit Andrej, während er in voller Fahrt versucht, mit der Stoßstange weitere Zombies zu erwischen.

Verzweifelt dreht Erik seine Waffe, um sie aus dem Hals des Sprinters zu ziehen. Als das Ende des Hammers schließlich aus dem Hals reißt, rutscht der Zombie ab und gerät unter den rechten Hinterreifen des

Autos. Der Passat holpert über ihn hinweg und Erik hört deutlich das Knacken von Knochen. Erschöpft zieht er den Arm durch das Fenster und betrachtet die tropfenden Spitzen seiner Waffe. Er sieht erst auf, als Andrej den Wagen abbremst.

Andrej grinst Erik müde an.

»Hab ich doch gesagt, du überlebst heute.«

Er öffnet die Fahrertür, steigt aus und schüttelt Arme und Beine aus.

»Bleib im Wagen«, sagt Erik zu Tim, der sich mit aufgerissenen Augen Oskar an die Brust drückt, und steigt ebenfalls aus.

Die Nacht ist kühl und klar, der Nebel ist verschwunden. Die Straße liegt so friedlich da, dass alles, was gerade passiert ist, Erik plötzlich wie ein schlechter Traum erscheint.

Er geht vorn um den Wagen herum, begutachtet die blutverschmierte Motorhaube, die frischen Beulen und den jetzt flackernden linken Scheinwerfer. Dann stellt er sich neben Andrej.

»Das wäre beinahe schief gegangen«, sagt Erik.

»Ja, weil du immer zögerst«, sagt Andrej ruhig. »Du machst ständig dieselben Fehler. Wegen dir sterben wir wirklich noch mal.«

Erik schluckt und starrt über die Felder.

»Eines sollte dir klar sein: Ich werde mich nicht opfern«, sagt Andrej, »nicht für dich und den Jungen. Lern endlich mal, dich auf dich selbst zu verlassen. In dieser Scheiße ist sich nämlich jeder selbst der Nächste.«

Er stößt sich vom Auto ab und geht auf den Acker hinaus.

»Wo willst du hin?«, fragt Erik.

»Ach verdammt«, Andrej breitet theatralisch die Arme aus, »darf ich wohl mal in Ruhe pissen, bevor wir weiterfahren?«

ophie liegt zusammengerollt auf der Rückbank des Autos und schläft unruhig. Sie spricht lautlos im Traum, nur ihre Lippen bewegen sich. Es müssen schlechte Träume sein, denkt die Mutter, sonst würden nicht immer wieder Sophies Arme und Beine zucken.

Nach dem Zusammenbruch des Kindes auf der Straße hatte sie ihm aufgeholfen und es mehr getragen als gestützt ins Auto verfrachtet. Dank Sophies Ausbruch war die Straße ausreichend frei gefegt, um den Wagen an den Wracks vorbei zu manövrieren. Weil sie nicht wusste, wohin sie fahren sollte, entschied die Mutter haltzumachen, als eine kleine Brücke die Straße überspannte. Sie fuhr unterhalb der Brücke an den linken Straßenrand, wo Büsche bis dicht an das Mauerwerk heran wuchsen. Der Wagen war so für alle, die die Brücke querten, praktisch unsichtbar.

Während die Tochter schläft, sitzt die Mutter erschöpft, aber hellwach auf dem Fahrersitz. Ihre Gedanken kreisen um die letzten Tage und die bangen Aussichten auf das Ende ihrer Reise. Wie gut hatten sie es doch noch vor wenigen Stunden in jenem Haus gehabt, in dem man die feindliche Welt so gut ausblenden konnte! Warum bloß war Sophie so unruhig gewesen, was trieb sie vorwärts? Und was waren das für unheimliche Kräfte, die aus ihrer Tochter regelrecht herausgeschossen waren? Sollte ihr Kind gar eine Gefahr für sich selbst sein? Konnte sich der Vorfall wiederholen, konnte sich Sophie dabei ernsthaft verletzen?

Die Mutter lehnt über den Fahrersitz und betrachtet die Tochter im ersten Licht des neuen Morgens. Es gibt so vieles, was sie ihr gerne sagen würde. Aber wenn der passende Moment kommt, fehlen ihr doch wieder die Worte, ahnt die Mutter, und sie wird darauf warten, dass die Tochter das Gespräch beginnt.

Ihre Glieder schmerzen vom langen Sitzen und sie öffnet leise die Autotür. Die Mutter steigt aus, schließt die Tür sorgfältig und sieht sich auf der Straße um. In beide Richtungen ist auf weite Sicht niemand zu sehen. Sie tritt unter der Brücke hervor und blickt in einen trägen Februarhimmel. Helle graue Wolkenschleier schweben wie eine fleckige Decke in der Luft. Kein Wind weht, kein Vogel bringt Leben in die trostlose Stille.

Ein dichter Streifen von Sträuchern und kleinen Gehölzen zieht sich die Böschung entlang, dazwischen wächst eine Gruppe junger Birken, Buchen und Kastanien in den Himmel.

Die Mutter beschließt, die flache Böschung hinaufzuklettern und von der Brücke aus über das Land zu blicken. Der Aufstieg ist leicht, der Boden fest und trocken, wenn auch die Büsche die Sicht verstellen und ihr immer wieder Zweige ins Gesicht schlagen.

Als sie die oben querende Straße erreicht, sich aus dem Gebüsch zwängt und auf den Asphalt tritt, wird ihr schlagartig klar, wie unüberlegt ihre Kletterei war. Mitten auf der Brücke ist eine Gruppe von zehn Personen unterwegs, die ihr die Rücken zugewandt haben, jetzt aber auf ihre Schritte aufmerksam werden und sich zu ihr umdrehen. Es sind rot unterlaufene tote Augen, die ihr aus wenigen Metern Entfernung entgegen blicken und gelähmt vor Angst und ungläubiger Überraschung starrt die Mutter zurück.

Wie auf einen lautlosen Befehl hin dreht die ganze Gruppe um. Eben waren die zerrissenen Untoten noch orientierungslos unterwegs, sind einfach blind dem Verlauf der Straße gefolgt. Doch plötzlich haben sie ein Ziel vor Augen, werden wie an Fäden gezogen zu jenem Menschen aus Fleisch und Blut, jenem warmen pulsierenden Leben, das sie selbst bereits verlassen hat. Mit langsamen, aber gleichmäßigen Bewegungen kommen sie auf die Mutter zu, die mehrere Sekunden benötigt, um ihren Schock zu überwinden. Ihr Herz schlägt bis zum Hals und die Beine fangen an zu zittern, als ihr Körper endlich reagiert, die Stresshormone durch die Adern schießen und ihre Instinkte Alarm schlagen. So langsam, wie die Untoten auf sie zukommen, taumelt die Mutter rückwärts in die Sträucher. Sie kann ihren Blick nicht von den toten Augen der Zombies lösen, stolpert die Böschung hinunter, fällt in die Zweige, reißt sich die Haut an Ästen und Dornen auf.

Von unten dringen plötzlich Schreie zu ihr auf, verzweifelte, wütende Schreie, als Sophie die Böschung hinauf stürmt. Sie rennt an ihrer Mutter vorbei, schwingt den Wagenheber in der Rechten und schlägt damit auf den erstbesten Zombie ein, der ihrer Mutter durch das Gehölz gefolgt ist. Es ist ein dicker Mann in einer verdreckten Latzhose, der bereits jemand mittig einen langen tiefen Schnitt zugefügt hat. Fetzen von Hemd und Unterhemd hängen aus dem Riss heraus und dunkle Bahnen verkrusteten Blutes ziehen sich vom Bauch aus das linke Bein hinunter.

Sophie ist geschwächt, und obwohl ihr Schlag ihn an der Schulter erwischt, geht er nicht zu Boden, torkelt nur fauchend zur Seite, fängt sich wieder und langt mit den Händen nach der Angreiferin. Sophie setzt zu einem zweiten Schlag an und erwischt ihn an der Stirn. Sein

Kopf kippt nach vorne, er schnauft und spuckt, verliert das Gleichgewicht und stolpert Sophie regelrecht in die Arme.

Sophie fällt auf den Rücken und rutscht unter der Last des Dicken ein Stück die Böschung hinunter. Fette glitschige Finger streifen über ihr Gesicht, packen sie an den Haaren, sein aufgerissener Mund nähert sich ihrem Gesicht, sein schwarzer wässriger Speichel tropft ihr auf den Hals.

Mit aller Kraft schlägt Sophie dem Mann den Wagenheber in den Mund. Sie hört sein wütendes Gurgeln, während er nach rechts abrollt. Sie kann sich befreien, richtet sich auf, spuckt Dreck und Blut aus, atmet tief ein, kommt auf die Beine.

Sophies Blicke suchen die Mutter, sehen aber nur Zombies, die durch die Sträucher die Böschung hinab kommen. Ihr Wagenheber ist eine schlechte Waffe, sieht Sophie ein, doch eine andere ist nicht greifbar.

Als der Dicke sich wieder erhebt, taumelt Sophie ein paar Schritte rückwärts und stößt mit dem Rücken gegen einen Baumstamm. Sie dreht sich um und sieht dicke Äste nur wenige Zentimeter über sich. Der Baum ist schlank und hoch, er gabelt sich in kräftiges Astwerk. Sophie greift nach den unteren Ästen, zieht sich mit aller Kraft an ihnen hoch und findet Halt. Der Dicke ist wieder auf den Beinen, kriegt Sophies rechten Fuß zu packen und droht sie vom Baum zu ziehen. Doch Sophie hält die Balance, tritt ihm kräftig ins Gesicht und kommt frei. Am Baumstamm krächzt ihr Verfolger wütend, ist aber nicht geschickt genug, ihr den Baum hinauf zu folgen.

»Mama?« Sophie sieht sich um. »Mama, die Bäume, sie können nicht in die Bäume!«

Sophies Blicke wandern suchend umher, bis sie bemerkt, wie auffällig sich die Zombies um ihren Wagen unter der Brücke scharen.

Die Mutter zittert am ganzen Körper, ihre Hände wollen ihr nicht gehorchen. Sie dreht wieder und wieder den Zündschlüssel, doch jeder Versuch endet mit einem wimmernden Schleifen des Motors. Der Audi scheint sich den Zombies schon ergeben zu haben, die gegen seine Seitenfenster schlagen, sich über die Motorhaube schieben, an den Türgriffen ziehen und auf das Wagendach trommeln. Durch das zerstörte rechte Seitenfenster schieben sich zahlreiche Hände, die nach der Mutter greifen und sich in ihren Haaren verfangen. Panisch duckt sich die Mutter und schlägt mit den Armen um sich. Ihr rechter Arm stößt gegen das Handschuhfach, das nach unten aufklappt. Sie wühlt mit der Hand darin herum, sucht nach irgendeinem festen Gegenstand, mit dem sie die Angreifer abwehren könnte, als auch auf der Fahrerseite das Fenster nachgibt. Es platzt in tausend kleine Scherben, die wie Hagelkörner in den Wagen prasseln. Über die Körper hinweg, die über die Frontscheibe kriechen, kann die Mutter Sophie in einem Baum sehen, kann sehen, wie ihre Tochter auf ihrem Ast zu ihr hinüber starrt und schrill »Mama, Mama« schreit.

Bleibt bloß wo du bist, denkt die Mutter, du kannst mir nicht helfen. Niemand kann mir jetzt noch helfen. Die Erkenntnis lässt ihren letzten schwachen Widerstand erlahmen. Eine Untote mit verklebten roten Haaren packt sie am Hals und versucht, ihr die Zähne in die Wange zu schlagen. Da ihrem Gebiss die meisten Zähne fehlen, reißt sie nur die Haut auf und rutscht mit jedem neuen Versuch immer wieder ab. Auf der

Fahrerseite hat ein anderer Zombie mehr Glück. Er schiebt seinen Oberkörper über das geborstene Glas durch das Seitenfenster, ergreift ihre linke Hand, die hilflos in der Luft rudert, und beißt tief in den Unterarm. Die Mutter spürt, wie die Zähne durch die Muskeln schneiden und der Angreifer ein ganzes Stück Fleisch aus dem Arm reißt. Ein weiteres Paar Zähne dringt ihr wie ein Dutzend Nägel in den Nacken. Die Schmerzen werden unerträglich, aber das Entsetzen schnürt ihr die Kehle zu und kein Schrei, kein Laut kommt über ihre Lippen. Das Letzte, was die Mutter durch den Tränenschleier hindurch sieht ist ihre Tochter, die hoch oben hilflos in ihrem Baum tobt und schreit.

Bleibt wo du bist, denkt die Mutter.

Bleib ... wo ... du ...

24

Als er seinen Namen hört, öffnet er träge die Augen. Das Licht ist milchig und die Wände seiner Zelle sind in Bewegung. Sie schwingen kaum merklich vor und zurück, so als atme der Raum langsam ein und aus. Wenn er den Kopf dreht, kippt die Zelle zur Seite und die Übelkeit steigt in ihm hoch.

»Er ist jetzt wach.«

»Danke, das sehe ich selbst.«

Zwei Köpfe schweben aus dem Nebel auf ihn zu, gewinnen an Konturen und schärfen sich zu den Gesichtern einer Krankenschwester und jenem des Brigadegenerals Merger.

»Man sagte mir, Sie hätten den Umzug gut überstanden«, sagt Merger. »Wissen Sie, wo Sie sind?«

Er sieht Merger lange an, dann schüttelt er den Kopf, ganz langsam von links nach rechts. Die Bewegungen muss er behutsam ausführen, um keine neue Übelkeit zu provozieren.

»Sie sind in Berlin«, sagt Merger und versucht ein Lächeln.

Er setzt zum Sprechen an, sein Hals ist trocken, die Stimme kratzig. »Sie haben es nicht mehr im Griff, oder?«

Mergers Lächeln verschwindet, sein Mund wird schmal.

»Wir haben das Zentrum bei Hannover aus Sicherheitsgründen geräumt. In Berlin konzentrieren wir unsere Kräfte. Hier können wir besser auf Sie aufpassen.«

Er schüttelt wieder leicht den Kopf. »Sie können doch nicht mal auf ein vierzehnjähriges Mädchen aufpassen«, sagt er leise.

Mergers Gesicht kommt ganz nah, er schaut ihm scharf in die Augen. »Was wissen Sie über das Mädchen? Stehen Sie mit ihr in Verbindung?«

Der Gefangene verzieht das Gesicht zu einem breiten Grinsen.

»Verstehe. Die Kleine ist abgehauen.« Er kichert leise. »War nur eine vage Hoffnung. Danke für die Bestätigung. Um Ihre Frage zu beantworten – nein, wir haben keine Verbindung. Ich spüre sie nicht. Muss weit weg sein. Hatte schon Sorge, *Sie* hätten sie umgebracht.«

»Das Mädchen umbringen?« Merger schüttelt energisch den Kopf. »Dafür gibt es keinen Grund.«

»Als ob Sie einen bräuchten.« Er schließt seine Augen.

»Wenn Sie sich um das Mädchen sorgen, sollten Sie uns helfen.«

»Mache mir keine Sorgen.«

»Sie ist da draußen auf sich allein gestellt.«

»Wird schon schiefgehen.«

Merger gibt sich Mühe, ruhig zu bleiben und geht in der kleinen Zelle auf und ab. Von der Tür bis zur gegenüberliegenden Wand sind es zehn Schritte.

»Ich muss Ihnen nicht sagen, was außerhalb der Stadt vor sich geht. Sie wissen um die Gefahr. Sie spüren es, richtig? Sie könnten den Menschen zu überleben helfen, anstatt sich zu verweigern.«

Der Gefangene kichert wieder leise.

»Sie pumpen mich mit Betäubungsmitteln voll, schnallen mich ans Bett und bitten mich dann um Hilfe?«

»Das müsste ich nicht tun, wenn Sie in der Vergangenheit nicht so aggressiv gewesen wären.«

Merger zieht sich einen Stuhl heran und setzt sich an das Kopfende des Bettes.

»Die jetzige Situation nützt niemandem. Wir sollten vernünftig miteinander sprechen und gemeinsam einen Ausweg finden.«

Der Gefangene hat immer noch die Augen geschlossen.

»Es wird keinen Ausweg geben«, sagt er ruhig. »Man kann Ihnen nicht trauen. Ich kann in Ihr Innerstes blicken, Merger, und da sehe ich nur Dunkelheit. Menschen wie Ihnen darf man keine Macht geben, sie können damit nicht umgehen.«

Merger sitzt weit nach vorn gebeugt auf seinem Stuhl und die Farbe schwindet aus seinem Gesicht. Der Mann auf dem Bett öffnet die Augen.

»Sie erhalten gleich Nachrichten. Es sind keine guten Nachrichten.«

Auf dem Gang nähern sich Schritte, dann klopft es an der Tür. Die Krankenschwester, die bisher teilnahmslos neben dem Bett gestanden hat, wirft Merger einen verstörten Blick zu. Merger steht auf, öffnet die Tür und spricht leise mit einem Boten. Dann dreht er sich zu seinem Gefangenen um.

»Ich muss gehen. Wir sprechen uns ein anderes Mal wieder.«

Der Mann auf dem Bett hebt seinen Kopf, soweit es die Fesseln zulassen.

»Wie viele Soldaten wollen Sie noch verlieren, Merger? Sie werden mit den Leuten aus der Vorstadt verhandeln müssen. Sie können nicht an zwei Fronten kämpfen. Das halten weder Sie hier drinnen noch die da draußen lange durch.«

Merger blickt einen Moment stumm zu ihm hinüber, dann gibt er der Krankenschwester ein Zeichen und beide verlassen die Zelle.

25

Den ganzen Tag verbringt Sophie in den Ästen ihres Baumes, gelähmt vom Schock über den Tod der Mutter. Sophie zittert und weint, kalter Schweiß klebt ihr am Körper. Nur mühsam kann sie aufrecht auf ihrem Ast hocken, ihre Knie und Beine schmerzen. Müde schlingen sich ihre schweren Arme um den Stamm des Baumes, zehn Untote starren zu ihr hinauf.

Ich könnte mich einfach nur fallen lassen, denkt Sophie, würde nichts mehr spüren müssen, müsste nur einfach nachgeben, alle Last und allen Druck loswerden. Sie lauscht in sich hinein, aber ihre innere Stimme schweigt. Wo gestern noch Wärme war, sitzt ein kalter schwerer Stein.

Als die Nacht anbricht ahnt Sophie, dass die Untoten eine längere Ausdauer haben werden als sie selbst. Den ganzen Tag über sind die Zombies schon um den Baum gestolpert, haben mit schiefen Köpfen zu ihr aufgeblickt und versucht, die Arme nach ihr auszustrecken. Doch allzu weit über die Köpfe können sie die Hände nicht heben. Den Stamm zu erklettern, fehlen ihnen Kraft und Geschick. Dafür spielt Zeit für sie keine Rolle. Sie stehen herum, gehen ein paar Meter im Halbkreis, streichen mit verwesenden Fingern über den Stamm des Baumes, pendeln zurück und beginnen von vorn.

Stunde um Stunde.

Mittags. Abends. Nachts.

Als Sophie keine Tränen mehr hat, um zu weinen, melden sich Durst und Müdigkeit. Sie zittert wieder, diesmal vor Kälte. Mit dem Einbruch der Dunkelheit ist ein schneidender Wind aufgekommen, der tief über den Boden streicht. Sophie lehnt mit dem Rücken gegen den Stamm, schlingt Ihre Jacke um die angezogenen Knie. Sie blickt hinunter auf zerlumpte Gestalten, mit Narben und Wunden überzogene Körper, die weder rasten noch schlafen. Sie stöhnen und atmen schwer, sie wanken wie unter drückender Last, aber sie ruhen nicht.

Sophie muss das Gleichgewicht halten, sie darf nicht einschlafen, doch die Lider senken sich immer wieder von selbst auf die müden Augen. Sie nickt ein, ihr Körper schwankt und sie schreckt auf. Wieder und wieder. Bis der Morgen anbricht.

Als die blendende kalte Sonne über den Hügeln aufsteigt, zieht sich Sophie am Baumstamm hoch. Mit zitternden Knien steht sie aufrecht und für einen kurzen Moment wird ihr schwarz vor Augen. Dann schüttelt sie die müden Glieder und hofft, so auch die Nacht aus dem Körper schütteln zu können. Bald wird es ein voller Tag in den Ästen des Baumes sein. Die Untoten sind immer noch da, sie haben ein Ziel. Sophie will keines einfallen.

Noch bevor sie es sieht, kann sie es hören – im Wind schwingt ein leises Brummen mit. Es ist ein Motorengeräusch, dessen Quelle Sophie anfangs nicht lokalisieren kann. Doch je lauter das Brummen wird, umso stärker wächst in ihr die Hoffnung, ein Fahrzeug komme auf die Brücke zu. Das Geräusch kommt aus jener Richtung, in der die Straße in einer leichten Rechtskurve in den Hügeln verschwindet. Der ratternde Motor nähert sich schnell, auch die Zombies unter Sophies Baum werden auf das neue Geräusch aufmerksam. Sophie reckt sich auf ihrem Ast in die Höhe und steht schon auf den Zehenspitzen, als sich ein roter Lastwagen über dem Hügelkamm erhebt wie ein Schiff hinter einer abfallenden Welle. Für seine Lautstärke ist der Laster erstaunlich klein, der sich jetzt in schneller Fahrt der Brücke nähert.

Sophie krächzt, findet ihre Stimme wieder, ruft, schreit, wedelt mit einem Arm, während der andere am Stamm Halt sucht. Zu spät fällt ihr ein, ihre Jacke wie eine Fahne zu schwenken, da bremst der rot lackierte Laster auch schon ab und kommt am Ende der Brücke, fast auf Augenhöhe mit Sophie zum Stehen. Es ist einer jener kleinen Tankwagen, die bis vor wenige Wochen Heizöl an Haushalte auslieferten. Sophie kann nicht ausmachen, wer in dem Laster sitzt, sie sieht nur schemenhafte Bewegungen hinter der spiegelnden Frontscheibe.

»Ihr da, hallo«, ruft sie, »fahrt nicht weiter! Nehmt mich mit!«

Unerträglich lang kommt Sophie die Zeit vor, in der der Tankwagen einfach nur mit laufendem Motor auf der Brücke steht. Die ersten Zombies haben sich bereits von Sophies Baum abgewandt und schwanken langsam den Hügel zur Straße hinauf. Schließlich öffnet sich die Beifahrertür des Lasters und ein Mann und eine Frau springen auf den Asphalt. Beide tragen militärische Tarnuniformen und haben Gewehre in den Händen und gehen langsam auf die Zombies zu. Mit ruhigen sicheren Schüssen strecken sie einen Untoten nach dem anderen nieder und arbeiten sich durch die Büsche zu Sophies Baum vor.

Als letzter Zombie harrt jener dicke Mann in Latzhose unter ihrem Baum aus, den Sophie einen Tag zuvor vergeblich mit dem Wagenheber ausschalten wollte. Während er noch zu schwanken scheint, auf welches Ziel er sich ausrichten soll, feuert die Frau aus dem Tankwagen vier Schüsse auf ihn ab. Der letzte Treffer reißt ihm den Hinterkopf weg, sein Körper kippt auf die Seite und rutscht einige Meter hangabwärts.

Die Frau sieht zu Sophie auf.

»Alles klar da oben?«

»Ja … ich meine nein …« – Sophie lacht nervös – »ich will nur runter.«

Mit steifen Gelenken rutscht sie mehr als dass sie klettert und fällt ihren Rettern auf dem letzten Stück fast entgegen.

»Bist du verletzt?« Vorsichtig hält die Frau Distanz. »Bist du gebissen worden?«

»Gebissen? Nein, ich bin in Ordnung, ich habe nur Schürfwunden.«

Sophie hält ihre Hände in Kopfhöhe und dreht sie in der Luft.

»Sehen Sie? Es sind nur Schrammen vom Klettern.«

Die Frau senkt ihr Gewehr.

»Mein Güte, Kleines, wie bist du auf diesem Baum gelandet? Bist du allein?«

»Wir kamen gestern mit dem Auto …« Sophie versagt die Stimme, sie deutet unter die Brücke.

»Ich geh mir das mal ansehen«, sagt der Begleiter der Frau, der bisher schweigend zugehört hat.

Die Frau legt Sophie vorsichtig eine Hand auf die Schulter.

»Kannst du zur Brücke hochgehen?«

Sophie nickt und beide steigen über die toten Zombies hinweg langsam die Böschung hinauf. Oben angekommen erkennt Sophie einen weiteren Mann, der die ganze Zeit das Steuer des Tankwagens nicht verlassen hat. Im Schritttempo fährt er den Laster den beiden entgegen.

»Wo ist Ralf?«, ruft er aus dem Fenster.

»Unter der Brücke«, antwortet die Frau, »sieht sich gerade das Auto an, mit dem das Mädchen gekommen ist.«

»Sophie. Ich heiße Sophie.«

Sie hören Schritte und drehen sich um. Hinter ihnen tritt der zweite Mann auf die Straße. Sein Gesicht ist blass, Entsetzen liegt in seinen Augen.

»Niemand im Wagen, dem man helfen könnte ...«

Sein Blick streift Sophie.

»Tut mir leid, Kleines.«

Sophie schluckt, nickt, blickt zu Boden.

»Steig ein, Sophie, wir nehmen dich mit«, sagt die Frau.

»Wo fahren Sie hin?«

»Nach Berlin zurück«, sagt die Frau. »Wir haben Benzin gesammelt. Wenn wir im Umland Tankstellen finden, in denen noch was zu holen ist, pumpen wir den Sprit ab. Der ist in Berlin ziemlich knapp geworden.«

»Trifft sich gut, wir waren auch auf dem Weg nach Berlin«, sagt Sophie leise.

Zu viert quetschen sie sich in das Führerhaus des Tanklasters, der Fahrer legt den Gang ein, und Sophie lässt den schlimmsten Tag ihres Lebens hinter sich.

26

E s ist schon später Nachmittag, aber der Passat kommt nicht näher als zwanzig Kilometer an Berlin heran. Immer wieder sind dem Wagen blockierte Straßen oder eingestürzte Brücken im Weg.

»Das ist doch kein Zufall mehr«, sagt Andrej, »ich fürchte, die Wege nach Berlin sind gezielt versperrt worden.«

»Kann ich mir nicht vorstellen« – Erik schüttelt den Kopf –, »seit wann lassen sich Untote durch versperrte Straßen abhalten?«

»Wie auch immer. Für uns ist jedenfalls bald Schluss.« Andrej deutet auf die Tankanzeige. »Wir haben maximal eine Stunde, dann geht uns das Benzin aus.«

»Vielleicht ist aus den liegengebliebenen Wagen was zu holen«, schlägt Erik vor.

»Wäre einen Versuch wert«, sagt Andrej, »wenn keine Zombies in der Nähe sind, könnten –«

»Guckt mal, da auf der anderen Straße!«, unterbricht ihn Tim von der Rückbank, »da fährt ein roter Laster!«

Der Junge springt hinter dem Fahrersitz auf und ab und trommelt mit der Hand gegen die Scheibe.

Andrej starrt durch das Seitenfenster und Erik kneift die Augen zusammen, er kann aber durch der verdreckte Front nichts sehen.

»Verdammt, der Kleine hat recht!«

Andrej kann hinter einem flach abfallenden Hügel die obere Hälfte eines roten Tanklasters erkennen.

»Das muss eine Parallelstraße sein. Wir müssen da irgendwie rüber kommen!«

»Dann bieg links ab, da vorne ist eine Kreuzung«, sagt Erik.

Andrej beschleunigt und rast auf die Kreuzung zu. Er bremst spät und mit quietschenden Reifen schleudert der Passat auf die links abbiegende Straße ein. Erik liegt eine Warnung auf der Zunge, aber er verkneift sie sich. Er hat wie Andrej Angst, den Anschluss an den roten Laster zu verlieren.

In schneller Fahrt schießt der Passat die Landstraße entlang, die sich ihren leicht geschwungenen Weg durch Wiesen und Äcker bahnt. Das Auto kann aufholen und nach einigen Minuten kommt der rote Tankwagen in Sichtweite.

»Vielleicht sollten wir lieber etwas Abstand halten«, sagt Andrej, »der da vorne muss uns ja nicht gleich sehen.«

Nach einer Weile werden die Felder zu beiden Seiten der Straße durch Reihenhäuser und Gärten abgelöst.

»Habt ihr rechts das Ortsschild gesehen? Willkommen in Berlin!«

Andrej grinst und Erik und Tim klatschen in die Hände.

»Ich hoffe, der Wagen vor uns kennt sich aus«, sagt Erik.

»Mit Sicherheit«, sagt Andrej, »der fährt hier nicht das erste Mal lang.«

Die Gegend wird mit einem Schlag städtisch, mehrstöckige Wohnhäuser lösen die Reihenhäuser ab und Andrej muss den Passat zwischen ausgebrannten Autos, umgestürzten Baugerüsten und Müllbergen hindurch manövrieren. Als sie eine größere Kreuzung erreichen, haben sie den roten Tankwagen aus dem Blick verloren.

Andrej flucht und kurbelt das Seitenfenster runter. Er schaltet den Motor ab und die drei sehen sich um, horchen in die Stadt hinein und hoffen auf Motorengeräusche des roten Lasters. Alle drei Richtungen der Straße sehen wenig einladend aus. Links blockiert ein umgestürzter Doppeldeckerbus die halbe Straße, rechts versperrt die Rückseite eines großen Lastwagens den Blick. Seine Türen zum leeren Laderaum schwingen im Wind leicht hin und her. Dunkler Rauch und Brandgeruch ziehen über die Dächer der Wohnhäuser, deren blinde Scheiben keine Spur von Leben zeigen.

»Hörst du das, geradeaus die Straße runter? Das könnte ein Motorengeräusch sein«, sagt Erik leise.

Andrej nickt langsam und blickt auf die Strecke vor sich, die von zahlreichen ausgebrannten Autowracks gesäumt wird, als sie Schüsse hören.

»Das kam von vorn«, sagt Erik, »fragt sich nur, ob Schüsse ein gutes oder schlechtes Zeichen sind.«

»Zombies schießen jedenfalls nicht«, sagt Andrej, lässt den Motor wieder an und fährt langsam geradeaus über die Kreuzung.

Tim schaut durch das Rückfenster an den Fassaden der Wohnhäuser hoch. Er meint, auf einem Dach auf der linken Seite Menschen zu sehen. Vielleicht wehen aber auch nur Stofffetzen im Wind, denkt Tim und schweigt.

»Hörst du das?«, fragt Erik, als das Motorengeräusch lauter wird.

»Ja, ich höre was brummen«, sagt Andrej, »aber ein Lastwagen ist das nicht.«

Beide sehen sich irritiert an, als ein Schatten über ihr Auto hinweg zieht.

»Ein Hubschrauber!«, ruft Tim.

»Komischer Hubschrauber«, murmelt Andrej, der sich aus seinem Fenster beugt und in den grauen Himmel hinauf starrt. Zehn bis zwanzig Meter über ihnen schwebt mit dunklem Brummen ein mehrere Meter langer, metallisch grauer Container, an deren oberen

Ecken sich große Rotoren drehen. Das Objekt folgt in seinem Flug dem Verlauf der Straße, als zwischen den Häusern ein Knall widerhallt. Einer der Rotoren zerspringt in eine Wolke kleiner Teile. Der fliegende Container gerät ins Trudeln, verliert schnell an Höhe und stürzt mehrere Meter vor dem Passat auf den Asphalt. Metall regnet auf die Straße. Ein Rotorblatt schießt schräg zur Seite und durchschlägt ein Wohnungsfenster im ersten Stock des angrenzenden Hauses. Von links rennen Männer in Tarnuniformen aus einer Toreinfahrt auf den Container zu. Acht bis zehn Personen zählt Andrej, die sich um den Container sammeln. Wieder ertönen Schüsse und die Türflügel des Containers werden aufgerissen.

Andrej, Erik und Tim starren wortlos durch die Frontscheibe des Wagens, während vor ihnen die Uniformierten den Container ausräumen. Sie bilden eine Kette zur Toreinfahrt hin und werfen sich die Pakete in schneller Folge zu. Kaum eine Minute ist vergangen, als vom Dach herab ein lauter Pfiff ertönt.

»Drohne im Anflug!«, ruft eine heisere Stimme vom Dach.

»Transport oder Kontrolle?«, fragt jemand aus der Gruppe zurück.

»Kontrolle, bewaffnet!«

Sofort rennen die Männer in die Toreinfahrt zurück.

Zwei von ihnen zögern und starren auf den Passat.

»Runter von der Straße!«, ruft der Vordere und zeigt mit dem Arm auf die Einfahrt.

»Na los, raus hier«, sagt Andrej und stößt die Fahrertür auf. Erik nickt Tim zu und steigt ebenfalls aus.

Ein Summen liegt in der Luft und Erik sieht eine kleine schwarze Flugdrohne heranschweben.

Von den Dächern fallen Schüsse in Richtung der Drohne, die mit leisem Sirren aufsteigt, sich dreht und das Feuer in schneller Folge erwidert.

Geduckt hasten Andrej und Erik mit Tim in der Mitte zur Toreinfahrt hinüber, die beiden Uniformierten dicht hinter sich. Von oben spritzen Brocken Mauerwerk auf den Boden. Einige Meter weit in der Einfahrt bleibt die kleine Gruppe stehen. Ein dünner bleicher Mann mit hellblonden Haaren und Basecap sowie ein Schwarzer mit Stahlhelm wenden sich den Dreien zu.

»Was, verdammt nochmal, habt ihr auf der Straße verloren?«, fragt der Blonde.

»Wir wollen nach Berlin rein, in die geschützte Zone«, sagt Erik.

Über der Straße werden mehrere schnelle Schüsse abgefeuert.

»Glückwunsch«, schreit der Schwarze gegen den Lärm an, »das da draußen ist die Begrüßung aus der geschützten Zone!«

»Die mögen es nicht so, wenn wir ihre Transportdrohnen abfangen«, sagt der Blonde und grinst. »Ihr seid leider zur falschen Zeit am falschen Ort.«

»Das Gefühl habe ich seit einigen Wochen immer wieder«, sagt Andrej.

Erik sieht zu Tim hinunter, der sein Gesicht in Oskars Fell drückt. Über der Straße setzt ein lautes rhythmisches Hupen ein.

»Scheiße, das ist Zombie-Alarm«, sagt der Schwarze. »War ja klar, dass der Krach sie anlockt.«

»Euer Auto läuft euch nicht weg«, sagt der Blonde, »kommt jetzt besser mit uns mit.«

Die beiden Uniformierten eilen voraus in eine hohe, schwach beleuchtete Halle, die sich hinter der

Toreinfahrt erhebt. Zerlegte Autos und angerostete Maschinen stehen wahllos zwischen Kisten und Werkzeugen herum. Die lange Halle erstreckt sich auf zwei große geschwungene Torbögen zu, deren Durchgänge mit roten Ziegeln zugemauert sind. Auf der etwa vier Meter hohen Mauerkrone stehen Männer, denen die erbeuteten Pakete zugeworfen werden.

Die kleine Gruppe hat etwa die Hälfte der Halle durchschritten, als auf der Mauer Alarm gegeben wird.

»Sprinter! Die Zombies sind Sprinter!«

»Scheiße«, murmelt der Blonde und entsichert sein Gewehr.

Durch die Toreinfahrt zieht ein lautes Heulen wie von Wölfen, als schnelle Schatten in die Halle stürzen.

»Ihr müsst zur Mauer, die Strickleiter hoch«, ruft der Schwarze und gibt den ersten Schuss auf die Schatten ab.

An der Mauer kommt Panik auf, sechs Männer stürzen sich gleichzeitig auf die Strickleiter, welche im rechten Torbogen herunter baumelt.

»Such dir eine Waffe, Arschloch«, ruft Andrej Erik zu und löst seinen Hammer vom Gürtel.

Erik sieht neben sich einen Stapel Metallrohre liegen und greift wahllos hinein. Er kann ein rostiges, etwa ein Meter langes Rohr aus dem Stapel ziehen, das schwer und unhandlich ist. Mit dem Rohr in der Rechten drängt er Tim vorwärts.

»Lauf, renn zur Mauer rüber!«

Die Einfahrt ist jetzt schwarz vor Körpern, die in die Halle drängen. Von der Mauer herab werden Schüsse auf die Zombies gefeuert, die ohne Zögern vorwärts rennen. Den Männern am unteren Ende der Strickleiter werden Gewehre zugeworfen, laute Schüsse knallen durch die Halle, Mündungsfeuer lässt die rasend verzerrten Gesichter der Sprinter aufblitzen. Tim zuckt unter den Schüssen zusammen, versucht sich vergeblich die Ohren zuzuhalten, ohne Oskar zu verlieren und rennt auf Autowracks zu, die unterhalb des linken Torbogens Schutz versprechen.

»Falsche Seite«, schreit ihm Erik hinterher, »du musst zur Leiter rüber!«

Aber Tim hört nichts, er hat schon eine der Karosserien erreicht und versteckt sich hinter dem Heck des Wagens.

Erik flucht und rennt Tim nach, als der erste Zombie auf ihn zuspringt. Der Angreifer ist einen Kopf kleiner als Erik und besitzt nur noch seinen linken Arm, der rechte muss knapp unterhalb des Schultergelenks abgetrennt worden sein. Erik schlägt auf diesen Stumpf, Fetzen von Fleisch spritzen auf und der Zombie stürzt gegen eine mannshohe Metallplatte, die an einem Gerüst lehnt. Nur für Momente gerät er aus dem Gleichgewicht, dann springt er wieder auf Erik zu und schlägt ihm mit seinem verbliebenen Arm vor die Brust. Erik stolpert nach hinten, sein rechter Fuß knickt schmerzhaft um und er geht zu Boden. Sofort liegt der Zombie auf ihm, sein aufgerissener Mund trieft vor Speichel und Blut und schnappt nach dem Hals seines Opfers. Erik packt sein Metallrohr am oberen Ende und rammt es dem Angreifer in den Mund. Dessen Kopf wird zurückgeworfen, sein Arm greift ziellos durch die Luft. Erik rammt seine Waffe ein weiteres Mal nach vorn, er erwischt den Zombie im Gesicht und hört deutlich, wie dessen Nasenbein bricht. Erik reißt noch einmal das Metallrohr zurück, rammt es ein drittes Mal nach vorn und dringt diesmal tief in den Schädel des Angreifers ein. Blut und Knochenteile tropfen auf ihn herab, als der

Körper tot zusammensackt. Erik muss würgen und rollt die Leiche zur Seite.

Erik sieht, dass in der Halle drei der Uniformierten zu Boden gegangen sind. Eine Traube von Zombies hat sich auf jeden der Unglücklichen geworfen, während von der Mauer herab Bewaffnete feuern. Andrej hat es bis dicht an die Strickleiter heran geschafft und schlägt gerade einem Zombie mit seinem Hammer in der Rechten den Schädel ein, als zwei andere sich in den linken Ärmel seiner Jacke verbeißen.

Erik dreht den Kopf zur anderen Seite und sieht Tim hinter dem Autowrack kauern. Der Junge starrt nach oben und Erik folgt seinem Blick. Von der Decke, kaum einen Meter von der Backsteinmauer entfernt, hängt eine Metallkette, deren Glieder über einen rostigen Kettenzug laufen. Die Vorrichtung ist Teil eines Hallenkrans, der früher einmal auf Schienen durch die ganze Länge der Halle gefahren sein muss. Doch jetzt steht das Gerüst schief und Erik hat Zweifel, ob der Kettenzug noch funktionsfähig ist. Er ruft nach Tim, doch der Junge starrt wie hypnotisiert nach oben. Erik richtet sich auf, spürt einen stechenden Schmerz im rechten Fuß, und sieht sich einem Zombie gegenüber, der in unsicheren Schritten auf ihn zu wankt. Rechts am Kopf hat ihn ein Schuss gestreift, der die Hälfte seines Gesichts weggerissen hat. Erik holt aus und schlägt mit Schwung auf die Wunde. Der Zombie knickt ein, fällt ihm vor die Füße und bleibt reglos liegen.

Über sich hört Erik ein leises Klicken. Er blickt auf und sieht, wie sich die Zahnräder des Kettenzuges bewegen, sie ruckeln langsam aber gleichmäßig wie der Sekundenzeiger einer Uhr und senken die Metallkette in die Halle ab. Sie hängt keine zwei Meter mehr vom Boden entfernt und Erik hinkt zu Tim hinüber, der immer noch gebannt auf die Kette starrt. Erik zieht ihn hinter dem Auto hervor. Er holt tief Luft und hebt Tim in die Höhe.

»Greif nach der Kette! Zieh dich an ihr hoch!«

Tims Hände fassen in die großen Metallglieder.

»Du musst dich jetzt gut festhalten, verstanden?«

»Oskar ist weg, ich habe Oskar verloren!«, ruft Tim von oben.

»Gar nichts hast du verloren«, sagt Erik, greift hinter das Autowrack und zieht Oskar hervor.

»Ich bring dir Oskar mit, klettre du nur weiter rauf!«

Erik stopft sich ein Bein von Oskar in den Hosenbund und greift dann nach dem Ende der Kette. Er zieht sich mühsam nach oben, legt alle Kraft in die Arme und schließt zu Tim auf, der es gut zwei Meter weit nach oben geschafft hat.

Mit den Füßen versucht Erik, den knappen Meter zur Mauerkrone zu überbrücken. Es fehlt ihm nur ein kleines Stück, um sich hinüber zu ziehen. Vorsichtig beginnt er zu schwingen, sieht dabei ängstlich nach oben, wo der Kettenzug verdächtig laut knirscht. Sanft pendeln sie ein paar Mal hin und her, da erreicht Erik mit dem rechten Fuß die Mauer. Er sucht Halt, spürt Schmerzen durch den Fuß zucken und droht abzurutschen, als Hände nach ihm greifen und ihn einer der uniformierten Männer zur Mauerkrone hinüber zieht. Der Mann hebt Tim am Kragen seiner Jacke hoch und setzt ihn auf der ein Meter breiten Backsteinmauer ab. Dann packt er nach Eriks Arm und zieht ihn mit einem Ruck in Sicherheit.

Schwankend ringt Erik nach Luft.

»Danke, dass Sie die Kette nach unten gelassen haben!«

Der Mann stutzt und schüttelt den Kopf.

»Der Kettenzug funktioniert nicht, den hat niemand runtergelassen.«

»Die Zahnräder haben sich aber bewegt …«

»Ja, vielleicht unter deinem Gewicht.« Der Mann grinst, klopft Erik auf die Schulter und klettert an der anderen Seite der Mauer hinunter.

Tim zerrt ungeduldig an Oskar und Erik löst Oskars Bein aus seinem Hosenbund. Er greift Tim unter die Arme und reicht ihn nach unten, wo Tim von den Händen des Uniformierten in Empfang genommen wird.

Die Backsteinmauer grenzt einen Hinterhof ein, der nach den anderen drei Seiten von einem Mietshaus umschlossen ist. In den Hof haben sich mehrere der Männer retten können. Zwei von ihnen liegen verletzt am Boden und werden aus einem Notarztkoffer versorgt.

Erik blickt noch einmal zum Kettenzug hinüber, der von der Mauerkrone aus noch um einiges rostiger aussieht als vom Boden der Halle. Er will gerade in den Hof hinunter springen, als Andrej seinen Namen ruft.

Erik wendet sich um und sieht Andrej einige Meter entfernt an der Mauer hängen. Die Strickleiter ist gerissen, Andrej hält sich mit dem rechten Arm an der Mauerkrone fest.

»Zieh mich hoch, verflucht!«, ruft Andrej und tritt mit den Beinen nach unten, wo Zombies nach ihm greifen.

Erik kniet auf der Mauerkrone nieder.

»Ich hätte wohl besser auf eure Seite der Mauer flüchten sollen«, stöhnt Andrej, »jetzt hilf mir schon hoch!«

Erik schüttelt langsam den Kopf.

»Nein Andrej, es ist aus, du bist gebissen worden.«

Erik zeigt auf den abgerissenen Ärmel und den blutenden linken Arm, mit dem Andrej hilflos in der Luft rudert.

»Ich bin …?« Andrej starrt entsetzt nach oben. »Aber nein, das ist nur eine Verletzung!«

»Das sind Bissspuren, Andrej, mach mir nichts vor.«

»Du spinnst, verdammt, jetzt zieh mich hoch!«

»Werde ich nicht. Jeder ist sich selbst der Nächste. Hab ich von dir gelernt. Aber einen Gefallen kann ich dir noch tun.«

Er greift nach dem Gewehr, das auf der Mauerkrone liegt.

»Erinnerst du dich noch daran, was du an dem Tag gesagt hast, an dem wir Tim fanden? Dass du dir eher eine Kugel in den Kopf jagen willst, als als Zombie zu enden?«

Erik zielt mit dem Gewehr nach unten. Andrejs Gesicht wird bleich.

»Jetzt mach keinen Quatsch, du Arschloch, ich bin nicht –«

Ein Schuss fällt, Andrejs Hand rutscht von der Mauerkrone und Erik starrt in die Halle hinunter, in der es kein menschliches Leben mehr gibt.

27

Das Mietshaus, das Erik besucht, steht in Moabit und damit in der geschützten Zone. Mit jedem Schritt auf das Gebäude zu steigt Eriks Hoffnung. Es ist noch so, wie er es in Erinnerung hat – der Gehweg mit seiner schiefen Pflasterung, die verwitterte grüne Haustür und Marens Name auf dem Klingelschild.

Die Tür zum Treppenhaus ist nur angelehnt und Erik tritt ein ohne zu klingeln. Die Hälfte des großzügigen Aufgangs ist mit Umzugskartons, Kisten und Koffern zugestellt. Menschen sitzen auf den Treppen und in den Fensterbänken zum Hof, ganz so, als seien sie am jeweiligen Fleck zu Hause. Kaum eines der müden Gesichter sieht auf, als er sich den Weg in den dritten Stock bahnt. Vor Marens Wohnungstür hält Erik kurz inne, will für einen Moment beinahe umkehren, dann klopft er.

Über die knarrenden Dielen nähern sich vertraute Schritte und Maren öffnet die Tür.

Schweigend sehen sie sich an.

»Hallo« sagt Erik leise und versucht zu lächeln.

»Erik?«

Vergeblich versucht er, in Marens Gesicht zu lesen.

»Ich bin seit gestern wieder in Berlin … konnte euch nicht erreichen … und wollte fragen, wie es euch geht.«

»Du warst … da draußen?«

»Ja, ich war in Niedersachsen, im Haus meiner Eltern. Als die ganze Sache losging und der Strom weg war, konnte ich mich nicht bei euch melden.«

»Du hast dich auch vorher lange nicht gemeldet«, sagt Maren.

»Ich weiß. Es … es tut mir … ich hatte einen Rück-fall.«

»Dachte ich mir.« Marens Gesicht bleibt starr. »Mir ist das egal, weißt du. Aber dass Tobias darunter leidet, das nehme ich dir übel.«

»Wo ist Tobias? Geht es ihm gut?«

In Marens Gesicht kommt Bewegung.

»Er ist in Hamburg. Ich habe keine Ahnung, wie es ihm geht.«

»Er ist in Hamburg?«

»Meine Mutter hatte Geburtstag, er ist hingefahren, und seit hier alles drunter und drüber geht, ist das Telefon tot und ich weiß nicht, was los ist. Ich kann sie nicht erreichen, und mich kann ja auch keiner erreichen, es ist ja alles weg, Telefon, Internet, Handy, ...«

»Du hast Tobias alleine nach Hamburg fahren lassen?«

»Meine Güte, warum denn nicht? Nach Hamburg muss er nicht umsteigen und meine Eltern haben am Bahnsteig auf ihn gewartet und das Zugpersonal wusste auch Bescheid.«

»Maren, der Junge ist erst neun Jahre alt!«

»Jetzt sag bloß, ausgerechnet du machst dir Sorgen!« Maren muss lachen. »Meldest dich bei Tobias über Wochen nicht, lässt Besuchstermine verstreichen, vergisst seinen Geburtstag, ...«

»Ist ja gut. Kein Grund, laut zu werden. Lass uns jetzt nicht streiten.«

»Oh ja, habe ich vergessen, streiten ist nicht deine Sache. Sich aussprechen war auch nie deine Sache. Alles, was du kannst, ist ... ist ...« Maren sucht nach Worten. »Ach, Scheiße.«

»Maren, bitte, mach die Tür nicht zu. Lass mich ... wir sollten ... darf ich bitte kurz reinkommen?«

Widerstrebend gibt Maren die Tür frei und Erik betritt die Wohnung. Wie im Treppenhaus stehen auch in

Marens Flur an der Wand entlang Kisten bis zur Decke gestapelt.

»Lass uns in die Küche gehen«, sagt Maren, »im Wohnzimmer ist jetzt eine andere Familie einquartiert.«

»Wen hast du aufgenommen?«

»Ach, von wegen aufgenommen! Die Stadtregierung quartiert zwangsweise Flüchtlinge ein, wo sie nur kann. Ich habe kaum Tobias' Kinderzimmer freihalten können. Wenn ich nicht bald ein Lebenszeichen aus Hamburg bekomme, muss ich sein Zimmer räumen.«

Mit fahriger Handbewegung bietet Maren Erik einen Stuhl am Küchentisch an und Erik setzt sich. Maren lehnt an der Spüle und wippt mit dem linken Fuß.

»Im Radio haben sie gesagt, dass in Hamburg auch eine Schutzzone besteht«, sagt Erik. »Es muss doch Telefon- oder Funkverbindungen dahin geben.«

»Ja, die gibt es angeblich, aber sie lassen keine Privatgespräche zu«, sagt Maren. »Du musst jedes Gespräch beantragen, ich habe schon mehrmals nachgefragt. Sie sagen, es seien nicht genügend Kapazitäten frei.«

»Können sie nicht wenigstens ermitteln, wie es deinen Eltern geht?«

»Angeblich sind sie noch dabei, Namenslisten zu erstellen. Und das seit nun schon über vier Wochen! Das zerrt ganz schön an den Nerven, weißt du.«

»Ja, kann ich mir vorstellen. Tut mir leid, wirklich. Mal sehen, ob ich da was machen kann.«

»Was willst du schon machen?«

»Als wir nach Berlin reinkamen, habe ich Leute kennengelernt. Die wohnen nicht direkt hier in der Stadt, sondern haben sich selbst Schutzräume eingerichtet.«

»Meinst du die Illegalen?«

»Illegale?«

»Die Stadtregierung sagt, vor den Schutzzäunen haben sich Kriminelle eingerichtet, die aus den Berliner Gefängnissen geflüchtet sind.«

»Keine Ahnung. Mag schon sein, dass der eine oder andere im Gefängnis saß. Aber so generell ... uns haben sie jedenfalls das Leben gerettet.«

»Du bist mit einer Gruppe hergekommen?«

»Ach, das ist eine lange Geschichte. Ich bin am Ort meiner Kindheit zufällig auf einen alten Schulkameraden gestoßen. Und einen siebenjährigen Jungen haben wir aufgesammelt. Der Junge und ich haben es hier rein geschafft. Mein Schulkamerad nicht.«

»Oh Gott ...«

»Diese Leute da draußen, die haben eigene Kontakte und Möglichkeiten. Vielleicht können die sagen, wie die Lage in Hamburg ist.«

Erik steht auf und tritt auf Maren zu, die immer noch an der Spüle lehnt.

»Ob du es mir glaubst oder nicht«, sagt Erik, »ich bin froh, dich zu sehen und zu wissen, dass du in Sicherheit bist. Und Tobias machen wir schon noch ausfindig, versprochen.«

Marens Blick bleibt skeptisch, aber sie lächelt zum ersten Mal.

28

Tim sitzt am Rand des Sandkastens und malt mit dem Schuh Kreise in den Sand. Am Vortag hat er hier vom Fenster aus drei Kinder spielen sehen, sich aber nicht aus der Wohnung getraut. Heute scheinen die Nachbarskinder woanders zu spielen und Tim ist mit Oskar allein. Er schaut Oskar stumm ins Gesicht, und Oskar schaut ebenso stumm zurück.

Als er einen Blick hinter seinem Rücken spürt, dreht sich Tim um. Aus der Tür zum Vorderhaus ist ein älteres Mädchen in den Hof getreten und kommt auf ihn zu. Sie lächelt ihn an und setzt sich zu ihm an die Sandkiste.

»Hallo, ich heiße Sophie«, sagt das Mädchen, »und du bist Tim, richtig?«

Tim nickt.

»Und das ist Oskar«, sagt das Mädchen und zeigt auf ihn.

Tim nickt wieder.

»Was du da vor zwei Tagen gemacht hast, mit dem Kran und der Kette, das war toll«, sagt Sophie.

Sie sehen sich eine Weile schweigend an, dann sagt Tim »Er hat sich auf einmal bewegt …«

Sophie schüttelt den Kopf.

»Du hast ihn bewegt.«

Tim schaut ihr in die Augen, seine Finger spielen in Oskars Fell.

»Du hast so etwas bestimmt auch schon früher gemacht«, fährt Sophie fort, »nur ist dir vielleicht nicht bewusst geworden, dass du es warst.«

Sie sieht Tim fragend an, aber der wartet schweigend ab.

»Du bist nicht der einzige, der solche Fähigkeiten hat, weißt du. Ich kann auch Dinge bewegen und Dinge wahrnehmen, die andere nicht sehen. Solche Sachen sind Gaben, du musst keine Angst davor haben.«

»Ich habe keine Angst«, sagt Tim.

»Gut so.« Sophie lächelt. »Den meisten Menschen, die solche Dinge können, ist das gar nicht bewusst. Und dann verlernen sie es. Aber wenn du dir über deine Fähigkeiten klar wirst, kannst du sie trainieren. Es klappt nicht immer alles so, wie man sich das denkt, aber das wächst mit der Zeit.«

Sophie lässt ihren Blick über den Hof wandern.

»Wir werden uns in Zukunft sicher öfter sehen. Und wenn du mit mir darüber reden willst, dann sag es einfach, okay?«

»Okay.«

»Aber anderen Menschen, die die Gabe nicht haben, solltest du erstmal nichts davon erzählen, okay?«

»Okay.«

»Gut, dann ist das geklärt.«

Sophie richtet sich auf.

»Hat mich gefreut, euch kennenzulernen.«

Sie grinst, blinzelt Oskar zu und dreht sich um. Tim sieht ihr nach, wie sie über den Hof schlendert und die Tür zum Vorderhaus öffnet. Als Sophie sich noch einmal umdreht und ihm zuwinkt, winkt er zurück.

MEHR?

Wenn Ihnen dieses E-Book gefallen hat,
können Sie unter diesen Adressen
mehr über meine künftigen Veröffentlichungen
erfahren:

Web: www.jacobasch.net
Twitter: twitter.com/Jacobasch
Google+: plus.google.com/+StefanJacobasch

In Vorbereitung:

Band 2 erscheint Mitte Dezember 2014

Infos unter
www.wirueberlebenheute.de

Eine Thriller-Erzählung.
40 Seiten.
Gedruckt für 3,60 Euro bei Amazon.
Als E-Books für 0,99 Euro (fast) überall.